PITTLER • SERBISCHE BOHNEN

ANDREAS P. PITTLER

Serbische Bohnen

Henry Drakes dritter Fall

Roman

Wieser *Verlag*

Die Herausgabe dieses Buches erfolgte
mit freundlicher Unterstützung der Stadt Wien.
Die alte Rechtschreibung wurde beibehalten.

wtb 21

Wieser Verlag GmbH

A-9020 Klagenfurt/Celovec, 8.-Mai-Straße 12
Tel. + 43(0)463 37036, Fax + 43(0)463 37635
office@wieser-verlag.com
www.wieser-verlag.com

Lektorat: Josef G. Pichler
ISBN 978-3-99029-158-0

I.

1999, Wien, innere Stadt. Mit lautem Sirenengeheul bog der Rettungswagen links ab, raste durch die Seitengasse und schliff sich vor einem Gründerzeithaus ein. Zwei Weißkittel sprangen aus dem Automobil und hasteten durch den Eingang. Fingerknöchel krachten an eine Wohnungstür. Verschlafen schlurfte die Hausbesorgerin ins Vorzimmer. »Ja, ja, immer mit der Ruhe. Ich komm' ja schon. Wo brennt's denn?« Sie öffnete und starrte in die abgehetzten Gesichter der beiden Sanitäter.

»Wo wohnt Slovac?« fragte der ältere. »Zweiter Stock, Tür acht«, gab die Concierge zurück, »worum tut es sich denn handeln?« Doch die beiden hatten sich schon abgewandt und erklommen bereits die Stiegen. »Verdacht auf Herzinfarkt«, rief der jüngere noch über die Schulter, dann entschwand auch er dem Gesichtsfeld der Frau. Diese trat aus ihrer Wohnung in den Flur und starrte durch das Stiegenhaus nach oben. Leise vernahm sie abermaliges Klopfen. Eine Tür wurde geöffnet, Stimmengemurmel hob an, doch konnte die Frau nicht verstehen, was da oben gesprochen wurde. Einen Moment lang dachte sie daran, selbst in den 2. Stock zu gehen, um sich vor Ort vom Gang der Dinge in Kenntnis zu setzen, doch wollte sie nicht aufdringlich oder gar neugierig erscheinen. Also lehnte sie sich an das Geländer und wartete. Keine fünf Minuten später keuchten die Rettungsmänner wieder die Stiegen abwärts. Nur die Bahre war nun nicht mehr leer. Auf ihr lag der bewußtlose Slovac, ein Mann von rund 75 Jahren mit weißgrauer Löwenmähne. Aus seiner Nase ragte ein dünner Schlauch, der zu einem Fläschchen führte, das seitlich oberhalb des Körpers an eine Stange gehängt war. Die Hausmeisterin konnte freilich nicht sagen, ob Slovac eine Transfusion bekam, künstlich ernährt oder beatmet wurde. In jedem Fall aber wußten die Rotkreuze, was sie taten, dachte sie und erinnerte sich daran, derlei schon oft im Fernsehen gesehen zu haben. Einer plötzlichen Eingebung folgend bemühte sie sich um Information. Schließlich mußte man doch bei eventuellen Fragen der übrigen Hausbewohner kompetent sein: »Wohin bringen Sie denn den armen Herrn Slovac, meine Herren?«

»Allgemeines Unfall«, preßte der jüngere unter Anstrengung hervor. Und schon verluden die beiden den Patienten in den Wagen, sprangen auf ihre Sitze, und die Sirene heulte abermals auf. Die Hausbesorgerin, die den Sanitätern auf den Gehsteig gefolgt war, sah der Ambulanz sinnend nach. Wie schnell es doch manchmal gehen konnte. Gestern abend noch war Slovac, wie immer mit seiner dicken Zigarre im Mund, auf dem Weg in seine Wohnung an ihr vorübergegangen, hatte sie jovial begrüßt und sich nach dem werten Befinden erkundigt, wie er das immer zu tun pflegte. Und wie immer hatte sie über ihren schlimmen Rücken geklagt. Was hatte er noch darauf erwidert? Sie solle sich darüber keine grauen Haare wachsen lassen: »Nur nicht aufregen«, hatte er gemeint, »da kriegt man nur den Herzzickzack davon.« Welche Prophetie lag doch in diesem Satz, dachte sie und fühlte instinktiv ihren Puls.

Nachdem sie zu der Überzeugung gekommen war, daß bei ihr alles in Ordnung war, fiel ihr die Frau von Slovac ein: »Mein Gott, die Ärmste. Wie wird sich die jetzt sorgen und ängstigen«, dachte die Hausmeisterin und beschloß, nun doch in den zweiten Stock zu gehen, um sich bei Frau Slovac zu erkundigen, ob sie irgendeiner Hilfe bedürfe. Bei dieser Gelegenheit konnte man natürlich auch gleich volle Klarheit über den Hergang der Ereignisse gewinnen, ein wenig rumstöbern und sich auch sonst allumfassend kundig machen. Schließlich war es der Wissensvorsprung, der einem erst zum wirklichen Meister des Hauses machte. Doch derlei Gedanken gestand sich die Concierge nicht ein. Sie überzeugte sich selbst von ihrer humanitären Mission und schleppte ihren müden Körper in das zweite Stockwerk. Sie verschnaufte einen Augenblick, um dann gegen die Wohnungstür der Familie Slovac zu pochen.

II.

Oberst Milus hatte sein Team zum üblichen Morgenbriefing versammelt. »Na, was haben wir denn heute wieder Schönes«, leitete er seine allseits bekannte Rede zur Einteilung seiner Leute ein. Dann machte er eine schöpferische Pause und blätterte dabei geräuschvoll in dem vor ihm liegenden Aktenberg. »Ein mutmaßlicher Lustmord in der Straße des 1. Mai«, sagte er dann und blickte in die Runde. »Pichler? Sie sind doch geeignet für eine solch delikate Aufgabe?« Der angesprochene Beamte richtete sich auf, doch Milus winkte müde ab: »Oder doch nicht, zum Schluß waren Sie's ja glatt selbst.« Allgemeines Gelächter, Pichler sank wieder in sich zusammen. Die Blicke des Obersts wanderten weiterhin durch den Raum, wie bei einem Lehrer, der einen Delinquenten für eine Prüfung sucht. Bei der dunkelhäutigen Grete Habib blieben sie stehen. Von Habib wußte Milus nur, daß sie zu den sogenannten Ausländern der zweiten Generation gehörte, die aber schon längst die Staatsbürgerschaft besaßen, weshalb es Habib auch möglich gewesen war, in den Polizeidienst einzutreten: »Und, trauen Sie sich den Fall zu, Habib«, fragte Milus in strengem Ton. Diese ignorierte Pichlers giftige Blicke und nickte nur. Milus war zufrieden und legte ein Schriftstück rechts neben dem Stoß ab. Er kramte weiter.

Auf dieselbe Art wurde er noch einen mutmaßlichen Raubmord, eine angebliche Erpressung, mehrere Diebstähle und einen Widerstand gegen die Staatsgewalt los, bis er schließlich nur noch einen einzigen Akt in Händen hielt. »Und nun«, sagte er, die darauffolgende Pause wieder gehörig dehnend, »zum heikelsten Thema des heutigen Tages.« Wieder Pause. »Der Fall Slovac.«

»Der Schriftsteller oder der Filmemacher?« platzte es aus Habib heraus, was Milus mit einer anerkennenden Augenbraue quittierte.

»Der Schriftsteller«, sagte er langsam, »in der Tat, der Schriftsteller.« Einen Moment wirkte Milus abwesend, als schien er sich an irgendetwas zu erinnern, wurde dann aber schnell wieder sachlich.

»Der Schriftsteller also. Mladen Slovac. Jawohl, genau der. Er wurde heute in den frühen Morgenstunden aus seiner Wohnung entführt, wie es scheint. Die Gangster waren als Sanitäter verkleidet und haben ihn mit einem Rettungswagen abgeholt. Sie wirkten, wie die Hausbesorgerin zu Protokoll gegeben hat, total professionell. Sie sei auch gar nicht argwöhnisch gewesen, bis zu jenem Zeitpunkt, da sie Frau Slovac fragen wollte, ob man ihr irgendwie behilflich sein könne. Da habe sie die Frau des Opfers bewußtlos am Boden gefunden. Aus dem Bericht der Slovac wissen wir, daß die vermeintlichen Rettungsmänner ihren Mann betäubt und sie selbst niedergeschlagen haben. Ob sie oder ihr Sohn, der Filmemacher«, dabei ruhte Milus' Blick wieder auf Habib, »erpreßt werden, ist bislang noch nicht klar. Slovac ist in jedem Fall eine Figur mit hohem Prestige, und in der Tat hat sich unser aller Gottsöberster, der Herr Innenminister, schon persönlich erkundigt, ob wir auch mit voller Kraft an diesem Fall arbeiten. Ich brauche also dringend Freiwillige, denn man erwartet Ergebnisse. Nach Möglichkeit noch heute. Also?«

Die Abteilung starrte betreten zu Boden. Einmal mehr herrschte das Motto »Uns kann er ja wohl nicht meinen« vor. Und Milus bereute, zuerst vorschnell Habib mit der Leiche im Vergnügungsviertel der Stadt betraut zu haben. Wer würde schon einen Schriftsteller entführen, dessen Reputation zwar zweifelsfrei die beste war, der aber kaum über enorme Geldmittel verfügte, zumal Autoren in dieser Stadt, ja in diesem Land, überhaupt erst dann zu Ruhm und Reichtum gelangten, wenn man sie einsargte. Milus ärgerte sich. Diese Kulturfritzen! Die befehdeten sich doch ohnehin andauernd. Wie zum Kuckuck sollte man wissen, wer aller es auf so einen abgesehen haben konnte. Der Kreis der Verdächtigen, wie es so schön hieß, war in diesem Fall doch fast grenzenlos. Und welchen seiner Beamten sollte er in die Untiefen der hiesigen Kultur schicken, vor allem, wenn man den Ausbildungsstand der Polizei in Betracht zog. Mit Schaudern erinnerte er sich daran, daß ihn Pichler bei seinem Dienstantritt als

»Oberst Englisch« angesprochen hatte, in der irrigen Annahme, der Hinweis auf die Fremdsprachenkenntnisse sei ein Namensschild.

Nein, dachte Milus, während die ganze Truppe vor ihm auf seine Entscheidung wartete, für diese Angelegenheit brauchte es einen Profi. »Gut«, sagte er und legte auch das letzte Schriftstück ab, »Slovac ist Chefsache, meine Herren«, dann sah er wieder zu Habib und verbeugte sich leicht, »und Dame. Das wär's. Frisch ans Werk.« Er stand auf und ging in sein Büro, nicht weiter auf das Gemurmel hinter ihm achtend. Er schloß die Tür und griff zum Telefon. Er tippte eine Zahlenkombination in die Tasten und wartete. Es läutete mehrmals, dann hob jemand ab.

»Linda? Hallöchen, der olle Milus am Apparillo. Ist Andrina da? Na fein, dann sei doch so nett und gib sie mir mal. Ja, du bekommst dafür auch wieder ein Überraschungsei, wenn ich das nächste Mal vorbeikomme. Ja, du darfst auch meine Mütze aufsetzen. Den Knüppel? Du weißt doch, den haben nur Beamte im Streifendienst. Ich habe keinen ... was? Na hör mal, so war das nicht gemeint, was heißt hier ... natürlich habe ich einen Knü..., ich verstehe nicht, was das soll. Linda, ich bin in Eile, gib mir jetzt Andrina, okay? ... Hallo? ... Hallo? Hallo! Andrina? Na, Gott sei Dank, Linda ist heute wieder in Form, was?«

Andrina war gewohnt, daß sich Oberst Milus in heiklen Fällen an sie wandte, und daher war sie nicht sonderlich erstaunt, als sie in knappen Sätzen über die Lage informiert wurde.

»Und du willst, daß ich mich darum kümmere, wenn ich dich richtig verstehe?«

»Das wäre ganz außerordentlich klasse, wenn du es einrichten könntest, mir altem Brummbären mal wieder aus der Patsche zu helfen.«

Andrina strich in ihrem Filofax das geplante Treffen mit ihrer Mutter aus: »Ich bin in einer halben Stunde im Präsidium. Stell schon mal Kaffee zu. Und damit meine ich Kaffee.«

»Selbstverfreilich«, beeilte sich Milus um Entgegenkommen.

»Gut, also bis gleich. Wir sehen uns.«

Andrina hängte ein. Milus legte den Hörer zurück auf die Gabel und fingerte einen Dartpfeil aus seiner Schreibtischschublade. Ansatzlos donnerte er ihn in Richtung des obligaten Porträts des Staatsoberhauptes, wo er im Nasenbereich eindrang und zuckend steckenblieb. »Na bitte«, dachte Milus, »25 Punkte.«

Andrina fläzte sich lässig auf die im Büro des Obersten befindliche Sitzgarnitur. Ihr langes blondes Haar kontrastierte mit der pechschwarzen Lederjacke, unter der sich ein weißes T-Shirt mit einem Konterfei von Donald Duck befand. Dunkelblaue Jeans verhüllten Andrinas schier nicht enden wollende Beine, die schließlich doch durch knallrote High Heels abgeschlossen wurden. Milus wußte, daß diese Aufmachung für Andrina nachgerade dezent war, und doch kam er ins Schwitzen, als seine Blicke den Körper der Schauspielerin abwärts wanderten. Instinktiv lockerte sich der Oberst die Krawatte und öffnete den obersten Hemdknopf. Er wußte, er mußte irgendetwas sagen, um nicht als sabbernder Dösbaddel dazustehen.

»Cognac?«

Andrina legte den Kopf schief und starrte Milus durchdringend an.

»Ach ja, richtig, du trinkst ja nicht. Merkwürdige Unsitte. Na ja«, er räusperte sich, »wie auch immer. Du hast hoffentlich nichts dagegen, daß ich …, ich meine, daß ich einen zwitschere?«

»Wenn du's nötig hast. Ist dein Problem.«

»Ist es wohl«, Milus bemühte sich um eine schöpferische Pause, während er sich ein Glas vollschenkte, »apropos Problem«, sagte er dann. Andrina legte die Ausgabe der Zeitschrift »Freund und Helfer« beiseite und zog eine Augenbraue hoch: »Slovac.«

»Genau.«

Milus setzte sich Andrina gegenüber und breitete seine Papiere aus.

»Die Lage ist ein wenig kompliziert. Der Innenminister tobt, selbst der Bundeskanzler hat schon interveniert. Höchstgeschwindigkeit ist angesagt. Unser Problem ist jetzt, daß es nicht den geringsten

Anhaltspunkt gibt, wer hinter der ganzen Sache stecken könnte. Nicht den geringsten.«

Andrina überprüfte ihre schreiend rot lackierten Fingernägel. Nach einer kurzen Weile suchte sie Blickkontakt zu Milus: »Würdest du mir recht geben, wenn ich sage, diese Causa ist eine politische?«

Milus blinzelte unsicher. Andrina fuhr fort: »Ich sehe das so. Slovac ist, wenn er auch schon seit einem halben Jahrhundert hier lebt, eigentlich Jugoslawe. Ich brauche dir wohl nicht zu sagen, was sich da unten seit acht Jahren abspielt, und Slovac hat einen bei allen Streitparteien sehr unpopulären Standpunkt eingenommen. Den der Vernunft.«

»Was willst du damit sagen«, fragte Milus, der nicht wußte, worauf Andrina mit dieser Einleitung hinauswollte.

»Nun ja, so ziemlich alle Fraktionen, seien es nun die Kroaten, die Großserben oder auch die Muslime, alle haben einigen Grund, Slovac aus dem Verkehr zu ziehen, hindert er sie doch mit seinen beständigen Mahnungen daran, ihr schmutziges kleines Spielchen in Ruhe weiterzuspielen. Du brauchst dir nur einmal durchzulesen, was Slovac in den letzten Jahren über Tuđman, Milošević und Izetbegović geschrieben hat. Wenig schmeichelhaft, kann ich dir sagen. Und so mancher Fanatiker erblickt im Tun von Slovac ganz sicher Hochverrat, wenn du verstehst, was ich meine.«

»Ah«, kam Milus die Erleuchtung, »du meinst, da steckt so etwas wie Terrorismus dahinter, IRA, RAF und so? Verstehe.« Er lächelte breit.

»Muß nicht sein«, bremste Andrina den Enthusiasmus des Obersten, »genausogut kann irgendein Geheimdienst dahinterstecken. Die Kroaten, wenn sie sonst schon nichts haben, aber das haben sie. Bei den Serben wiederum würde es mich nicht wundern, wenn sie die UDBA-Leute übernommen hätten, und die Bos…«

»UDBA«, hakte Milus nach, »also doch Terrorismus.«

»Wie man's nimmt. Die UDBA war der Geheimdienst von Jugoslawien, als noch der selige Tito der Boß war. In jeder westlichen und wahrscheinlich auch östlichen Botschaft gab es den einen oder anderen Kultur- oder Handelsattaché, der realiter Agent war. Und 1991 wurden die alle brotlos. Ich denke, das macht sie käuflich.«

»Internationale Verwicklungen, hmm? Dritter Mann und so? Gefällt mir gar nicht. Vor allem jetzt nicht, wo sich die NATO jeden Moment anschickt, Belgrad wegen dieser Albaner-Sache da zu bombardieren«, brummte Milus vor sich hin. Er sah Andrina fragend an: »Glaubst du nicht, daß das eine Nummer zu groß ist für meine Abteilung? Sollte da nicht das staatspolizeiliche Büro ..., ich meine, so etwas ist doch eigentlich deren Kaffee. Wozu sind die sonst da? Wird ihnen nichts schaden, wenn sie einmal was anderes tun, als kurdischen Hungerstreikern Schnitzelsemmeln unter die Nase zu halten.«

Andrina putzte sich einen Fussel von der Jacke: »Ich würde es einmal so sagen. Bei einer solchen Sache kann man sich mordsmäßig Meriten verdienen, man kann aber auch ordentlich eins auf die Nase bekommen.«

»I see«, demonstrierte Milus seine Weltgewandtheit. Er nahm einen tiefen Schluck aus dem Cognacglas. »Was also würdest du an meiner Stelle tun?«

»Auf jeden Fall nichts Voreiliges. Zuwarten. Den Minister hinhalten. Und meine Fühler ausstrecken. Es gibt viele Jugoslawen in dieser Stadt. Die treffen sich in einschlägigen Lokalen, da kann man sich ein bißchen umhören. Informationen sammeln. Danach kann man immer noch zu dem Schluß kommen, die Sache ist einem zu heiß.«

»Wie stellst du dir das vor. Ich kann ja kaum in so einen Balkan-Burger reinmarschieren, meine Hundemarke vorzeigen und erwarten, daß die wegen mir singen wie die Lerchen.«

Andrinas Gesichtsausdruck formte sich zu einem Fragezeichen.

»Na, bei unseren Fremdengesetzen denken die bei Polizei doch sofort an Einwanderungsbehörde und so, die türmen, noch bevor ich bis drei gezählt habe.«

»Ich dachte, daran scheitern Polizisten ohnehin.«

»Wahnsinnig witzig. Nein, ehrlich. Aus denen bekommt ein Bulle unter Garantie nichts raus. Und ich muß dir sagen, das versteh' ich sogar. Ich würd' mir auch nichts sagen. Nicht, wenn man mich andauernd so schikaniert. Ist kein Honiglecken hier, wenn man keine Staatsbürgerschaft hat.«

»Aber der Innenminister ist doch ohnehin ganz okay, oder nicht?«

»Na ja«, wagte sich Milus auf unsicheres Terrain vor, »die geltenden Gesetze stammen ja noch von seinem Vorgänger, und der war so ein Ausländer der zweiten Generation, die sind ja meist die Schlimmsten – mit wenigen Ausnahmen.« Dabei dachte er an Habib. Ob er bei der wohl Chancen hätte? Milus seufzte – und schenkte sich nach.

»Dein Problem ist also«, faßte Andrina zusammen, »daß du glaubst, auf wenig Kooperationsbereitschaft zu stoßen, wenn du da quasi offiziell auftauchst.«

»Erstens dieses, und zweitens kenn' ich mich da ja gar nicht aus unter denen. Stell' dir vor, ich erzähl' irgendeinem von denen, um ihn ein wenig aufzuwärmen, von meinem herrlichen Adriaurlaub anno 1961, und plötzlich scheuert der mir eine, weil er aus Belgrad ist. Alles schon vorgekommen. Nein, da braucht's jemand mit Fingerspitzengefühl.«

»Ich weiß, worauf du hinauswillst«, fiel ihm Andrina ins Wort, »du denkst an unseren Piratenkapitän. Habe ich recht?«

Milus nickte knapp.

»Und du glaubst, der meistert die Lage?«

»Das wollt' ich eben von dir wissen. Schließlich hast du ihn unter deine Fittiche genommen.«

»Tja«, meinte Andrina gedehnt, »es kann ja nichts schaden, ihn mal zu fragen. Soviel ich weiß, hat er ohnehin nichts zu tun, seit er aus Irland zurückgekommen ist.«

Milus wurde neugierig: »Ah, er war in Irland?«

»Ja, ursprünglich hat er bei seinen Vorfahren vorbeigeschaut, um sich ein wenig in seinem Ruhm zu sonnen, und dann ist er in irgendeine Geschichte reingeschlittert, die ihn nach Belfast gebracht hat.«

»Na bitte, die Terroristen«, sagte Milus bestimmt, »ich wußte, wir kommen da noch drauf.«

Andrina lächelte milde: »Wie auch immer, jedenfalls hat er die Sache heil überstanden, was mich offen gestanden erstaunt, und ist jetzt seit zwei Wochen wieder hier.«

»Da ist ihm doch sicher ohnehin schon langweilig, oder?«

Andrina stand auf und machte einige Dehnübungen. »Was weiß ich, find's heraus, würd' ich sagen.«

»Ich weiß nicht«, gab sich Milus skeptisch, »ob das klug wäre, wenn ich ihn kontaktiere. Ich meine, wir kennen uns doch kaum, praktisch.«

Milus' Blicke durchbohrten Andrina.

»Nein, du denkst doch nicht ernsthaft, daß ich ..., doch, verdammt noch mal, das tust du, was?«

Milus nickte knapp: »Bitte, Drinchen, du siehst, der alte Schweinebär sitzt schwer in der Patsche. Und wenn der englische Windhund deine Stimme vernimmt, dann sagt der unter Garantie zu allem Ja und Amen.«

»Erklärst du mir einmal, weshalb ich überhaupt mit dir Umgang pflege? Ich bin ja praktisch deine Privatfeuerwehr, ich ...«

»Damit dir niemand in die Quere kommt, wenn du deinen Extravaganzen nachgehst? Nein, sorry, vergiß es. Wie wär's, wenn ich sage, du hast eine Schwäche für Idioten?«

»Das trifft's wahrscheinlich eher«, meinte Andrina frostig, der die Anspielung auf ihr Privatleben wenig behagt hatte. Als ob sie jemals den Schutz von Milus und seinen Leuten gebraucht hätte. »Solche Bemerkungen übrigens«, sagte sie denn auch bestimmt, »kannst du dir schlicht und ergreifend sparen, verstanden?«

Milus senkte artig den Kopf: »Wenn du mir den Drake anrufst, dann sag' ich so etwas nie, nie, nie wieder. Großes Indianerehrenwort.«

»Eigentlich sollte ich dir stattdessen den Arsch versohlen, und das weißt du verdammt genau.«

»Ho, ho, ho, du sprichst mit einer Amtsperson. Einen anderen Ton bitte.«

»Ach, ich soll Drake also doch nicht anrufen?«

»Jeden Ton, den du willst, jeden«, sagte Milus eilfertig, »hier steht der Apparat. Zu deiner Verfügung.«

Immer noch mürrisch stakste Andrina zum Schreibtisch und beförderte den Hörer aus der Gabel.

III.

Henry Drake saß in seinem Büro und war schwer beschäftigt. Seine Kiefer mahlten verkrampft, sodaß er mehrmals Gefahr lief, sich die Zunge, die er immer wieder zwischen die Zähne zu schieben versuchte, abzubeißen. In höchster Konzentration widmete er sich einer Arbeit, bei der höchste Präzision angesagt war. Die linke Hand führte zitternd eine kleine Schere an die rechte. Drake zögerte. Der Schweiß perlte ihm über die Stirn. Jetzt nur nicht nachlassen, dachte er sich. Vorsichtig näherte er die Schere weiter an ihr Ziel. »Jetzt oder nie«, murmelte Drake halblaut und wagte den entscheidenden Schritt. Ein vernehmliches Zipp hallte durch den Raum, und ein weiteres Stück Fingernagel flutschte über den Schreibtisch. Drake hielt die rechte Hand von seinem Körper weg und betrachtete sein Werk. Er war zufrieden: »Na bitte, nur noch drei.«

Plötzlich wurde die Stille durch das Schrillen des Telefons zerrissen. Gewandt hebelte Drake den Hörer von der Gabel: »Drake am Mittwoch.«

»Hi, Andrina hier.«

»Oh, du Sonne meines Lebens, gehst du mir auf?«

»Nein, du gehst mir auf, und zwar auf den Geist, wenn du schon wieder rumsabberst. Hör zu, ich hab' dir was Wichtiges zu zwitschern. Also sperr die Lauscherchen auf und vergiß deine blöde Anmache. Die zieht nicht, zumindest nicht bei mir, capisce?«

»Aye, aye. Ich höre.«

»Gut. Also, merke auf. Oberst Milus steckt in trouble deep. Brenzlige Sache. Und damit du endlich mal wieder was Vernünftiges tust, dachte ich mir, du könntest doch deinen Kadaver in die Schlacht werfen zur höheren Ehre deines glorreichen Namens.«

»Ehre ist ein verwitterter Grabstein, wie …«

»Falstaff so treffend sagt, ich weiß, Henry IV.«

»Mann, das geht mir entschieden gegen den Strich. Gibt es denn überhaupt kein Zitat, das du nicht kennst?«

»Ex oudenos ouden genetai.«

»Hmm?«

»Ex nihilo nihil fit.«

Drake fragte sich, was Andrina mit diesem Streifzug durch tote Sprachen bezweckte, wußte aber, er würde ihr ohnehin nicht das Wasser reichen konnte. Wozu sich also anlegen? »Also«, meinte er daher aufgeräumt, »worum geht's in dieser Sache, die du mir so wort- und geistreich schmackhaft zu machen gedenkst, du kuhäugige Tochter des Aigishalters.«

»Falsch. Kuhäugig war Hera, die Ehefrau von Zeus, die Tochter des Aigishalters ist aber Aphrodite, zum Beispiel. Oder auch Artemis und Athene. Aber die, denke ich, dürften dir ja unbekannt sein.«

Drake beschränkte sich auf resignierendes Seufzen, das Andrina dazu einlud, ihm nun von Slovac und den damit zusammenhängenden Fakten zu erzählen.

»Und was erwartest du in diesem Zusammenhang von mir?«

»Nun, ich dachte, du könntest dich zwanglos unters Volk mischen und ein paar Informationen sammeln.«

»Falls du es vergessen haben solltest, ich bin Engländer. Und England liegt so ziemlich genau am entgegengesetzten Ende von Europa. Was soll ich, bitte schön, von den Jugoslawen wissen? Erklärst du mir das?«

»Das ist ja gerade der Vorteil in der Sache. Jugoslawen mißtrauen unsereinem schon allein aufgrund der historischen Verwicklungen. Aber einem Engländer gegenüber werden sie keine Antipathien entwickeln, weil Jugoslawien und England keine gemeinsame Geschichte haben, sieht man vom Zweiten Weltkrieg ab, aber da waren sie sogar Verbündete. Es wird dir also ein Leichtes sein, auf offene Arme zu stoßen. Du brauchst nur neugierig zu sein und gut zuzuhören. Dann ergibt sich schon alles von selbst.«

»Sagst du. Ich habe ja nicht einmal die elementarste Ahnung von Jugoslawien und seiner Geschichte. Wie sollen die – wer immer mir dann auch gegenübersitzen wird – glauben, daß ich mich für ihr Land interessiere, wenn ich nicht einmal weiß, wie viele Counties es dort gibt, und so?«

»Tja, ein wenig vorbereiten würdest du dich schon müssen. Aber das sollte doch eigentlich eine Challenge für dich sein, oder?«

Drake schwieg verdrossen und erlöste Andrina partout nicht aus ihrer Erwartung. Andrina unternahm nach einigen Momenten der wechselseitigen Stille einen neuen Versuch: »Okay, ich mache dir einen Vorschlag. Der Rechtsanwalt meines Vaters war während des Krieges in Jugoslawien. Wir gehen einfach zu ihm, und du plauderst ein wenig. Ganz harmlos. Nachher kannst du immer noch ablehnen, wenn dich die Sache nicht interessiert. Dann hast du nur einen Abend vergeudet – und guten Sliwowitz getrunken.«

In Drakes Kopf manifestierte sich die Vorstellung, endlich wieder einmal mit Andrina an einem Tisch sitzen zu können, eine Perspektive, die man nicht so leicht verschenken sollte. Noch dazu hatte sie ja recht. Ein gemeinsames Abendessen war unverfänglich, ablehnen konnte er hinterher immer noch.

»Was sollte ich dir schon abschlagen können«, resignierte er in den Telefonhörer, »aber damit«, setzte er mit Nachdruck dahinter, »habe ich noch nicht zugesagt, für dich den Spitzel zu machen. Ich hör' mir die Sache erst einmal an. Ich betone, ich habe mich noch nicht entschieden, daß ich den Fall übernehme. Okay?«

»Geht klar. Komm heute gegen 18 Uhr zu mir. Ich fahre uns dann hin.«

Drake dachte kurz an Andrinas Fahrweise und wollte vorschlagen, sich gleich bei dem Anwalt zu treffen, doch Andrina hatte nach einem kurzen »Ciao« bereits eingehängt. Andererseits, so tröstete er sich, ergab sich vielleicht die Möglichkeit, wieder mal einen unschuldigen Blick auf Linda zu werfen, Andrinas Lebensgefährtin, wobei Drake daran dachte, daß Linda nur sehr selten bekleidet durch die Zimmer huschte. Er sollte einfach ein wenig früher kommen, dann stiegen seine Chancen, ein paar nette Eindrücke zu bekommen, die in seinen einsamen Nächten von Nutzen sein konnten.

Drake riß sich aus dem Grübeln und versuchte, sich wieder auf seine Arbeit zu konzentrieren. Doch die beiden Frauen gingen ihm nicht mehr aus dem Sinn. Beim Ringfinger hätte er sich fast geschnitten. Er blickte auf die Uhr. Es ging hart gegen Mittag. Drei Optionen taten sich daher auf: er konnte sich onanierenderweise Erleichterung verschaffen, Dick anrufen, um einen Happen essen zu gehen, oder seinen neu erworbenen Fernseher anwerfen, um dem Kinderprogramm zu folgen.

»Ohne Mampf kein Kampf«, sagte Drakes innere Stimme. Wenn er nach dem Essen immer noch so geil war, konnte er auch nach dem Mahl masturbieren. Er wählte also Dicks Nummer.

Pochender Husten drang aus der Muschel.

»Mann, Dickie-Boy, hast mal wieder zuviel geladen gestern, was?«

»Ach du bist's«, Dick wurde von einem neuerlichen Hustenanfall zum Schweigen gebracht. Rasselnder Atem drang an Drakes Ohr, dann, laut und vernehmlich das Wort »Scheiße«. Drake hörte entferntes Gepolter, dann Schluckgeräusche. Endlich vernahm er wieder Dicks Stimme: »Was ist los, welchen Tag haben wir heute? Wo bin ich überhaupt, oder, grundsätzlicher formuliert, wer bin ich überhaupt? Hallo, mit wem sprechen Sie? Hallo?«

»Mann, Dick, was ist denn los mit dir? Bist du komplett von der Rolle, oder was?«

Minutenlanges Schweigen, dann: »Dick? Wer zum Teufel ist Dick? ... Ach, Dick! Ja, das bin ich. Danke, das wollt' ich nur wissen. Gute Nacht.«

Nachdem Drake für einen Augenblick dem penetranten Tuten zugehört hatte, legte er auf und wählte Dicks Nummer erneut. Endlich wurde abgehoben.

»Verdammt, Dick, krieg dich wieder ein. So kennt man dich ja gar nicht.«

»Ich mich auch nicht. Lange Geschichte, das. Blut, Schweiß, Tränen und so. Ich kann nur eines dazu sagen: Uff!«

»Ich glaube, wir müssen dich wieder auf Vordermann kriegen. Wir sollten Essen gehen«, brachte Drake vorsichtig sein Begehr ins Spiel.

»Essen? Allein bei dem Wort muß ich kotzen. Komm mir bloß nicht mit Essen, Mann. ... Oh Gott!«

Nach mehreren »Hualp«-ähnlichen Geräuschen vernahm Drake ein gedehntes »Aaargh«. Dann herrschte Stille am anderen Ende der Leitung.

»Dick?«

Stille.

»Dick!!!«

»Hmmm? Was?«

»Vergiß es. Ich bin in zehn Minuten bei dir. Sieh zu, daß du in der Zwischenzeit nicht abkratzt. Rettung naht, okay?«

Doch Dick war bereits wieder am Sägen.

Drake hatte die Hintertür zu Dicks Pub bereits halb eingetreten, als er schlurfende Geräusche hörte. Ein Schlüssel wurde umgedreht, und die Tür sprang auf. Dick taumelte nur mit einer Altmännerunterhose bekleidet zurück zu seiner Couch. Ein grunzendes Geräusch sollte wohl einen Gruß andeuten. Drake setzte sich auf einen Klappstuhl: »Du bist ja wirklich ziemlich bedient. Soll ich dir einen Kaffee machen?«

»Das ... wäre eine nette ... Idee. Aber mit der Espresso-Maschine da. ... Das Zeug, das ich ... in meinem Pub ausschenke, ist ... nicht trinkbar«, preßte Dick hervor, »nicht einmal ... für einen Engländer.«

Zehn Minuten später hatte Dick die erste Tasse Kaffee in seinem Magen verstaut und begann allmählich, seine Umwelt wieder klarer wahrzunehmen. Drake fixierte ihn angespannt: »Also, willst du mir nicht endlich erzählen, wer oder was dich so zugerichtet hat?«

»Gibt's nicht viel zu erzählen«, murmelte Dick, »nur die übliche Katastrophe beim Baggern.«

»Inwiefern?«

»Na ja«, meinte Dick, nachdem er eine zweite Tasse braunen Safts geleert hatte, »vorgestern abend ist es mir gelungen, an Claudia Schiffer ranzukommen. Ich war toll in Form, hab all meinen Charme ausgespielt.« Er ignorierte Drakes Grinsen. »Stell dir vor, sie hat eingewilligt, mit mir ins Bett zu gehen. Tolles Gebumse, Mann, da siehst du die Sterne. Ich war im siebten Himmel. Ein traumhafter Fick mit Claudia Schiffer. Und was ist? Da schläfst du neben der Schiffer ein – und wachst am nächsten Morgen neben deiner Großmutter auf. Entsetzlich, sag ich dir. Coyotensyndrom.«

»Coyotensyndrom?«

»Du weißt schon, da wirst du am Morgen munter und prallst vor Entsetzen zurück, weil die Gestalt, die da so sanft eingerollt auf deinem Arm liegt, der böse Wolf ist, sodaß du weißt, du mußt hier sofort weg. Doch wenn du dich rührst, wacht das Monster auf, und du mußt vielleicht auch noch reden, oder schlimmer, man wünscht Prolongationen von dir. Also gibt es nur einen Ausweg. Du mußt dir den Arm abbeißen, damit wenigstens der Rest von dir heil wegkommt.«

Drake zündete sich eine Camel an und blies den Rauch durch die Nase: »Alter Angeber. Mit dir würde es nicht einmal der böse Wolf treiben wollen. Der baggert doch viel lieber das Rotkäppchen an.«

»Glaub, was du glauben willst. Ich weiß, was ich weiß. Jedenfalls war ich so geschockt, daß ich den ganzen gestrigen Tag über mit Abstand mein bester Kunde war. Und die Wirkung davon siehst du jetzt.«

»Ich glaub dir kein Wort.«

Dick kramte in seinem Jackett, fingerte ein Polaroid heraus und schlenzte es in Richtung Drake. Dieser griff ins Leere und klaubte das Foto schließlich vom Boden auf. Der Typ, der da seltendämlich ins Objektiv gegrinst hatte, war unzweifelhaft sein Gegenüber, die graue Maus daneben mußte Großmutter Schiffer sein.

»Und?«

»Na ja, es gibt Schlimmeres. Zumindest kein Grund zur Selbstverstümmelung, würde ich meinen.«

»Nicht?«

»Wenn deine Erzählung stimmt, dann lag sie ja auf deinem Arm. Also hätte es genügt, wenn sie sich einfach dezent zurückgezogen hätte. Da brauchte sie sich ja gar nichts abzubeißen.«

Drake verlagerte seinen Oberkörper nach links, und das Kissen sauste ins Leere: »Daneben.«

»Arschloch.«

»Angenehm, Drake.«

»Ha ha.«

»Eben drum.«

Zwar beruhigte sich Dick bald wieder, doch auf Drakes neuerliche Frage nach einem gemeinsamen Mittagessen blieb er bei seiner ursprünglichen Ablehnung. Sein heutiges Futter werde aus Alka-Seltzer und Baldrian bestehen, ließ er vermelden, sodaß Drake resignierend ein Pint Newcastle Brown in sich hineinschüttete, ehe er sich zur Frittenbude gegenüber aufmachte, um auch etwas konsistentere Nahrung aufzunehmen. Nachdem er sich an einigen Burgern und einer Portion Chips gelabt hatte, blickte Drake auf die Uhr. Knapp nach 3 p.m., noch mehr als zwei Stunden Zeit, ehe er bei den Mädels aufkreuzen konnte. Er schnappte sich eine der an der Theke aufliegenden Tageszeitungen und studierte das Fernsehprogramm. Auf einem Kabelsender begann in wenigen Minuten »Susi und Strolchi«. Drake liebte Liebesgeschichten, und so zahlte er flott und joggte in sein Büro zurück, wo er es sich vor der Flimmerkiste bequem machte. Zuvor allerdings hatte er sein Beistelltischchen mit allerlei Nützlichem drapiert: eine Flasche Glen Moray, ein neues Päckchen Camel sowie eine Schale Erdnüsse. Damit würde er bis fünf wohl über die Runden kommen.

Er fuhr hoch, rieb sich die Augen. Am Bildschirm tanzten irgendwelche Schlümpfe. Die kamen doch bei »Strolchi« gar nicht vor. Er sah auf seine Armbanduhr. Wenige Minuten vor halb sechs. Er war wohl eingeschlafen. Egal, er mußte sich sputen. Eilig rief er einen Taxifunk an, stopfte seine Leibesfülle in propere Kleidung und stürzte aus dem Büro, die Stiegen hinunter auf den Gehsteig. Dem Taxler nannte er die Adresse: »Und machen Sie schnell, Mann. Ich bin sozusagen in Eile.«

Der Fahrer verstand sein Handwerk, und wenige Minuten vor 18 Uhr parkte der Wagen an der Auffahrt zu Andrinas Villa. Drake fingerte zwei Hunderter aus seiner Geldbörse und meinte generös: »Stimmt so«, was der Taxifahrer mit einem beinahe unhörbaren »Knauser« quittierte, zumal der Taxameter bei 198 Schilling zum Stehen gekommen war. Doch Drake hatte andere Sorgen. Er trat auf den Kies, richtete sich seine Klamotten und spazierte zum Haupteingang des Hauses. Er klopfte. Sein Herz auch. Würde Linda wieder splitternackt öffnen? Oder zumindest à la Eva im Paradies durch die Zimmerfluchten huschen? Die Tür ging auf. Lindas Gesicht erschien. Sie hatte ihr platinblondes Haar streng zurückgekämmt und hinten zu einem Knoten geknüpft. Auf ihrer Nase saß eine rote Hornbrille. Drake mußte zweimal hinblicken, um sich davon zu überzeugen, daß er tatsächlich Andrinas Freundin gegenüberstand. Sie trug ein hochgeschlossenes Pepitakostüm, darunter eine weiße Bluse mit einer schwarzen Krawatte. Der Rock endete in der Mitte der Unterschenkel, sodaß ihre Beine aus Drakes Position kaum sichtbar waren. Lediglich die glänzendroten Stöckelschuhe konnte er erkennen. Er war enttäuscht.

»Linda?«

»Nein, Mutter Teresa. Kommen Sie rein.« Sie wandte sich von der Tür ab und ging auf die Treppe zu, die ins Obergeschoß führte. Wie nebenher rief sie: »Andrina, dein Sabbergreis!«

Andrina, in lässigen Bluejeans und weißer Bluse, stakste mit einem Band Herodot in der Hand aus dem Eßzimmer auf Drake zu: »Hallöchen Spürnase, wie ist das Leben?«

Drake, immer noch perplex, deutete auf die entschwindende Linda: »Was ist denn mit der passiert?«

Andrina wandte ihren Kopf: »Wieso?«

»Nun ja«, Drake versuchte, sich dezent über allzu Delikates hinwegzuschwindeln, »bislang erschien sie mir nicht unbedingt die Inkarnation konservativer Gewandung zu sein.«

»Ach so«, zuckte Andrina mit den Schultern, »ich hab ihr gesagt, daß du kommst.«

»Wenig schmeichelhaft, fürchte ich.«

»Was dachtest du denn? Wenn du allen immer hinterhergeiferst, müssen eben entsprechende Maßnahmen ergriffen werden.«

»Ihr seid echt charmant.«

»Nein, nur realistisch.«

»Hach«, stöhnte Drake in theatralischer Pose, »jetzt gönnt ihr einem nicht einmal mehr den Anblick der Schönheit. Wo soll das alles enden?«

»In der Prosektur?«

»Mußt du immer auf mein Alter anspielen? Ich werde noch früh genug ins Gras beißen. Da mußt du mich nicht dauernd daran erinnern.«

»Apropos, hast du schon entsprechende Verfügungen erlassen? Ich meine, für die Zeremonie?«

Drake musterte sie fragend.

»Na ja, du wirst demnächst 40, da muß man sich schon Gedanken machen. Wie wär's mit ›Another one bites the dust‹ als Abschiedsnummer bei der Gedenkfeier, hmm? Oder ›Always look on the bright side of life‹? Na ja, wie auch immer, ein wenig Zeit, dir das zu überlegen, dürftest du ja noch haben.«

»Wenn du willst, kann ich mich ja entleiben, dann haben wir das auch besprochen«, grollte Drake.

»Nicht hier und nicht jetzt. Hast du vergessen, wir wollen zum Abendessen. Ach ja«, Andrina verschwand wieder im Eßzimmer und kehrte wenig später mit einem Jugoslawien-Reiseführer zurück, »da steht ein wenig Grundsätzliches über Land und Leute, über Geschichte und Politik und dergleichen drinnen. Kannst ja des Nächtens ein wenig herumschmökern, wo du ohnehin nichts anderes zu tun hast.«

Zweifelnd nahm Drake das Buch entgegen und starrte auf das Cover: »Janko Bondić. Ist das ein Pseudonym?«

»Nein, der heißt wirklich so. Ziemlich interessanter Bursche im übrigen. Der lebt auch hier, nahe der Innenstadt.«

»Wesrum dieses?«

»Viele Jugoslawen leben jetzt hier, vor allem, seit es da unten kracht. Du weißt schon, die ruhige Kugel ist allemal angenehmer als die aus Blei.«

»I see.«

Andrina enteilte nach oben, um sich von Linda zu verabschieden, während Drake lustlos in dem Reiseführer schmökerte. Die Zahlen, Daten und Fakten ermüdeten ihn, doch einige der Farbfotographien schienen ihm doch sehr gelungen, und obwohl er eben erst aus dem Ausland zurückgekehrt war, begann er sich nach Urlaub zu sehnen. Am Strand zu liegen, sich die Sonne auf den Bauch scheinen zu lassen und danach, wenn einem die Sache zu heiß wurde und selbst das Eintauchen in die salzigen Fluten keine Abkühlung mehr brachte, in irgendeiner schattigen Bar hocken, gräßlich-buntes Zeug runterschlabbern und dem Wogen zusehen. Dem des Meeres und dem in den Bikinis. Ein lauter Seufzer entrang sich Drakes Brust.

»Schon wieder schwüle Gedanken?«

Drake war gar nicht aufgefallen, daß Andrina bereits wieder neben ihm stand. Sie schnappte sich die Autoschlüssel von der Kommode und schob Drake nach draußen. Kurz heulte die Rakete auf, dann preschte sie aus der Ausfahrt, quietschte in die Kurve und sauste die Straße entlang. Drake warf einen kurzen Blick auf die Tacho-Nadel, die sich jenseits der 150er-Marke einpendelte, und versank in seinem Sitz. »Wie war das noch einmal?« dachte er bei sich, »Vater unser, der du bist im Himmel ...«

Die Kanzlei des Rechtsanwalts befand sich in einem der Außenbezirke der Stadt, gleich am Ufer des Flüßchens, welches der Stadt ihren Namen gegeben hat. Als Andrina den Motor abstellte, vermeinte Drake Rauch von den Reifen aufsteigen zu sehen. Doch darüber wunderte er sich weit weniger als über den Umstand, mit heiler Haut dem Geschoß entsteigen zu können. Sie überquerten die Straße und gingen zu einem unscheinbaren Haustor. Neben der Gegensprechanlage befand sich ein kleines Metallschild: »Dr. Anton Hirsch, Verteidiger in Strafsachen«, stand darauf zu lesen. Andrina drückte den entsprechenden Knopf, und die Tür öffnete sich. Drake versuchte sich, als sie die Stiegen hinauftrotteten, den Anwalt vorzustellen. Dynamisch, groß, muskulös, sportlich, eine Mischung aus Don Johnson und Burt Reynolds schwebte ihm vor.

Vor der Kanzlei wartete ein kleines weißhaariges Männchen, das sicher schon die 70 überschritten hatte, auf Andrina. Die beiden umarmten sich, dann trat Andrina einen Schritt zurück: »Toni, darf ich dir Henry Drake vorstellen, eine Art Freund von mir.«

Hirsch lächelte warmherzig und hielt seinem Gegenüber die rechte Hand hin: »Angenehm, Anton Hirsch.« Drake war verwirrt. Der Advokat entsprach in nichts seinen Erwartungen. Er war wohl kaum 1,70 groß, schmächtig, und Schach war wohl die einzige Sportart, zu der sich Hirsch aufzuraffen vermochte. Doch Drake besann sich englischer Höflichkeit und verbeugte sich leicht. Er war gespannt, was für Geschichten dieser Kobold auftischen würde. Apropos auftischen, ein Happen wäre jetzt nicht zu verachten, dachte Drake weiter. Doch diese Gedanken behielt er für sich.

Hirschs Kanzlei war nicht allzu groß. Sie bestand aus den Büroräumen sowie einigen Zimmern für private Nutzung. In einem davon nahm die Runde ihr Nachtmahl ein. Das Essen war Drake fremd, doch der Rotwein, ein Merlot aus Slowenien, mundete ihm ausgezeichnet, sodaß er guter Dinge war. Wenigstens in dieser Hinsicht hatte es sich gelohnt, nicht gleich abzusagen, dachte er.

Als die drei bereits bei Kaffee und Cognac saßen – wobei Andrina mit einem Glas warmer Milch vorliebnahm –, brachte Andrina endlich ihr Anliegen vor.

»Du hast sicher von der Slovac-Geschichte heute morgen gehört.«

Hirsch nickte lebhaft: »Und ob, scheußliche Sache.«

»Nun ja, unser Mister Drake hier wird den Fall vielleicht übernehmen, zumal der Polizei zum gegenwärtigen Zeitpunkt etwas die Hände gebunden sind. Aber Henry hat nur ein Problem. Er würde Jugoslawien nicht einmal auf der Karte finden, geschweige denn, daß er irgendetwas über Land und Leute wüßte. Ich habe mir gedacht, du könntest uns ein wenig Nachhilfeunterricht geben. Was meinst du?«

»Nun ja«, antwortete Hirsch, »so einfach ist das nicht. Da müßt ihr mir schon konkret sagen, was euch interessiert, und was ihr wissen wollt.«

»Wie war das mit den Kommunisten dort unten«, nuschelte Drake aus seinem Glas heraus, »ich hörte, die waren irgendwie anders als der Iwan.«

»Da haben Sie durchaus richtig gehört«, entgegnete Hirsch, »da gab es Ende der 40er Jahre einen ziemlichen Familienkrach. Tito war Stalin eigentlich immer ein Dorn im Auge, denn Tito ist es als einzigem Satelliten gelungen, sein Land ohne Hilfe der Roten Armee von der Wehrmacht zu säubern. Das hat ihm zu einem gewaltigen Prestige verholfen. Und als er dann mit den Albanern und den Bulgaren die aufständischen griechischen Genossen unter Markos Vafiadis unterstützte und eine Balkanföderation anstrebte, da fand Stalin, dem müsse Einhalt geboten werden. Ursprünglich wollte der georgische Finsterling einfach Tito wegpusten und sonst alles beim alten belassen, doch an dem alten Fuchs hat er sich die Zähne ausgebissen. Angeblich soll Stalin einmal gesagt haben, er brauche nur mit dem kleinen Finger zu wackeln, und es gäbe keinen Tito mehr, doch er schüttelte mit beiden Fäusten, ohne daß die Jugoslawen auch nur wankten. Tito hat dann aus der Not eine Tugend gemacht und erfand die Blockfreiheit. Er hat sich mit Nehru, dem Inder, und dem Ägypter Nasser zusammengetan und segelte erfolgreich in den Wassern der Neutralität. Nach Stalins Tod haben die Sowjets versucht, mit den Jugoslawen wieder ins Geschäft zu kommen, sind anno ’55 sogar nach Belgrad gefahren, um sich zu entschuldigen, aber Tito wahrte Distanz. Und der Westen, dem einiges daran gelegen war, seine Südflanke nicht allzu fest im Lager des Ostens zu wissen, unterstützte Jugoslawien großzügig mit Geld. Noch vor wenigen Jahren war ein jugoslawischer Reisepaß das begehrteste Personaldokument der Welt. Man brauchte nirgendwo ein Visum.« Hirschs Erzählung stockte, und der alte Mann nahm einen kräftigen Schluck aus seinem Cognacglas: »Aber das ist jetzt alles Geschichte.«

»Andrina erzählte mir, Sie waren während des Krieges in Jugoslawien«, riß Drake den Anwalt aus seiner Grübelei.

»Ich war bei den Partisanen, ja. Die Deutsche Wehrmacht wollte mich einziehen, da bin ich über die Grenze. Ich hab mich eine Zeit lang beim Bischof von Ljubljana versteckt, dessen Neffe ein guter Freund von mir war. Dann haben die Krauts Jugoslawien überfallen. Witzig, ihr Engländer nennt die Deutschen doch auch Krauts, oder?«

Drake nickte.

»Na, wie auch immer, sagt einiges aus über die, würde ich meinen. Egal, also die Luft wurde dünn für mich, ich hab mich sogar zur königlichen jugoslawischen Armee gemeldet, doch deren Widerstand brach schnell zusammen und ich bin nach Süden geflohen. Ich bin kroatischen Ustaši in die Hände gelaufen, Hitlers 5. Kolonne in Jugoslawien, die Tuđman-Partei von damals, und die haben jeden abgeknallt, den sie für einen Serben hielten. Sie zwangen die Leute, das Kreuzzeichen zu machen, wobei man wissen muß, daß sich die Orthodoxen andersrum bekreuzigen, zuerst rechts, dann links, während die Katholiken sich zuerst an die linke Schulter fahren. Wer also rechts anfing, der kam gar nicht mehr nach links. Schon hatten ihn die Faschisten mit Blei vollgepumpt, zur höheren Ehre des Konzentrationslager-Pius im Vatikan, versteht sich. Ich war kein Orthodoxer, daher ließen sie mich laufen, und irgendwo an der bosnisch-kroatischen Grenze traf ich auf die ersten Partisanen, die sich eben erst zu formieren begannen.«

Andrina und Drake hatten Hirsch schweigend zugehört, und Drake hatte sogar darauf vergessen, sich eine Zigarette anzuzünden.

Er gestand sich ein, sich in dem kleinen Männchen gehörig getäuscht zu haben. Er schien eine wahrlich spannende Lebensgeschichte aufweisen zu können.

»Aber mit den ollen Kamellen langweile ich Sie sicherlich«, hörte Drake den Anwalt weiterreden.

»Ganz und gar nicht, bitte fahren Sie fort.«

»Um's kurz zu machen, die ersten zwei Jahre waren entschieden kein Honiglecken, aber ab Ende '43 ging's immer deutlicher aufwärts. Irgendwann im darauffolgenden Winter traf die erste englische Verbindungseinheit bei uns ein, die witzigerweise von einem Landsmann angeführt wurde, Segal, ein Jude aus unserer Stadt, der '38 nach London emigriert und dort in die Royal Air Force eingetreten war. Wir nannten ihn Möwe, weil sein Name dem englischen Seagull so ähnlich war. Ja, Segal, angeblich zog er nach dem Krieg wieder hierher, der soll im fünften Bezirk leben, aber gesehen habe ich ihn nach dem Krieg nie wieder.«

Drake begann zu spüren, daß sich Hirschs Schilderungen allmählich in Sentimentalitäten zu verlieren drohten, weshalb er beschloß, den Gang der Erzählung etwas zu beschleunigen.

»Kennen Sie Slovac persönlich?«

»Mladen Slovac? Natürlich. Der arme Mladen. Wir sind gute Freunde.«

»Was wissen Sie über ihn?«

»Nun ja, er wuchs in Belgrad auf und war noch Schüler, als die Krauts Belgrad bombardierten. Er schloß sich einer kommunistischen Widerstandsgruppe an, die aber von der Gestapo ausgehoben wurde. Slovac kam in ein Lager und wurde dann als Zwangsarbeiter hierher verschleppt, wo er nach dem Krieg blieb, weil Jugoslawien für ihn kein guter Boden mehr war. Er war dort unten in den Geruch des Trotzkismus gekommen, und damit war man in der gesamten kommunistischen Völkerfamilie ziemlich am Allerwertesten, wenn Sie verstehen, was ich meine.«

»Trotzkismus? So was wie die Militants bei uns in Liverpool?«

»Na ja, als Trotzkist wurde damals jeder bezeichnet, der Stalin nicht als Gott anbetete. Tito war zu dieser Zeit ganz sicher ein lupenreiner Stalinist. Davon hat er sich erst befreit, als Stalin sich mit ihm anlegte. Und daher hat Tito auch alle internen Kritiker verfolgen lassen. Bei Slovac wäre das, hätten sie ihn in die Finger bekommen, nicht anders gewesen.«

»Na gut«, fuhr Drake fort, »das ist aber nun über ein halbes Jahrhundert her, und den Titoismus gibt es auch nicht mehr. Warum also sollte irgendjemand einen alten Schriftsteller kidnappen oder gar ermorden wollen? Was meinen Sie?«

»Mladen hat aus seiner Einstellung nie ein Hehl gemacht. Sie sollten sich einmal seine Romane anschauen, vor allem die Trilogie. In ›Das schwarze Land‹ rechnet er ziemlich mit allen und allem ab, was in seiner Heimat seiner Meinung nach falsch gelaufen ist. Ähnlich verhält es sich bei ›Urlaub für einen Toten‹ oder beim dritten Band ›Erinnerung an das Nichts‹. Verschärft hat sich der Konflikt zwischen ihm und dem offiziellen Jugoslawien dann in den letzten Jahren, da hat sich Mladen ziemlich exponiert. Er machte bei Symposien mit, holte kritische Schriftsteller aus dem Land und machte überall klar, was er von den Miloševićs, Tuđmans und Izetbegovićs hielt. Daß die ihn da nicht besonders mögen, ist naheliegend.«

»Hältst du es für möglich«, mischte sich nun Andrina ein, »daß die UDBA hier noch aktiv ist?«

»Die UDBA? Sicher. Agenten wird es immer geben, und die haben auch keinerlei moralische Bedenken, die arbeiten für denjenigen, der sie bezahlt. Früher machten sie eben nach außen hin auf Kommunist, und jetzt haben sie ganz zufällig ihr nationales Herz entdeckt.«

»Wer«, wurde Andrina jetzt direkt, »kommt deiner Meinung nach für die Entführung von Mladen Slovac in Frage? Die UDBA, wie immer sie jetzt auch heißen möge? Die Kroaten, die Muslims, wer?«

»Das ist eine Frage, auf die ich auch gerne eine Antwort wüßte. Aber glaube mir, ich habe keine Ahnung. Wollte man wirklich Licht ins Dunkel bringen, dann müßte man sich an Insider wenden. Janko Bondić etwa, der Autor, er verfügt über exzellente Verbindungen zu ehemaligen UDBA-Spitzen, wenn du verstehst, was ich meine.«

»Du willst damit sagen, daß er selbst einmal ...«

»Ich weiß es nicht mit Bestimmtheit, aber für mich deutet alles darauf hin. Was aber jetzt nichts heißen soll. Bondić war zu seiner Zeit ein ganz passabler Schreiber, aber er war eben auch Spitzenfunktionär im Apparat. Vorsitzender des Schriftstellerverbandes, Botschafter Titos in Kanada, Bürgermeister von Novi Sad, kurz, der Mann hatte Einfluß und hohe Positionen. Der weiß sicher mehr, als wir alle zusammen. Und was die diversen Sezessionisten anbelangt, die Kroaten und die Moslems, da würde ich mich mal an Lazar Črnjatović wenden. Der war fast 20 Jahre lang Chef der Kulturvereinigung der hiesigen Jugoslawen. Der kennt alles und jeden, und er weiß genau, wer heute Tuđman unterstützt, wer Milošević und wer Khomeinis Nachfolger.«

»Crn ... wie?«

»Črnjatović, Mister Drake.«

Drake nickte aufgeklärt. »Črn-jato-vić«, buchstabierte er den Namen für sich, um ihn im Ernstfall tatsächlich aussprechen zu können.

Hirsch nippte noch einmal an seinem Glas: »Glaubt ihr, die Polizei wird fündig werden?« fragte er dann.

IV.

»Wie wollen wir also vorgehen«, fragte Drake, als er und Andrina wieder vor ihrem Sportwagen standen.

»Tja, ich würde meinen, du gehst zuerst einmal zu diesem Bondić. Wenn ich auch glaube, daß Toni in puncto Geheimdienst ein wenig übertrieben hat, so ist Bondić sicher ein gut informierter Mann, bei dem man viel in Erfahrung bringen kann. Und für morgen abend machst du dir ein Date mit Črnjatović aus. Am besten in irgendeinem jugoslawischen Restaurant, damit du gleich einmal in Richtung Lokalkolorit schnuppern kannst.«

»Fein. Und was machst du?«

»Ich werde meinen Bauch vor laufenden Kameras mit diesem einzigartigen Duschgel massieren, das noch viel, viel besser ist als alles, was bislang auf den Markt kam. Und dabei werde ich ein laszives Gesicht machen, damit all die Spanner an der Glotze einen Steifen kriegen und das Scheißzeug für ihre Alten kaufen, in der irrwitzigen Hoffnung, die könnten damit auch so verführerisch wie die kleine Andrina werden.«

»Du machst Werbung?«

»Tja, auch nicht schlimmer als ›Strandschönheiten‹. Aber man kriegt wesentlich mehr Cash.«

»Seit wann brauchst du denn Geld?«

»Seit ich einem Idioten von Privatdetektiv 30 Riesen in den Rachen geschmissen hab, bloß um ihm danach das Leben retten zu dürfen.«

»Das war gemein.«

»Yip. Und jetzt steig endlich ein. Oder willst du hier anwachsen?«

Wortlos gehorchte Drake.

Mit singenden Reifen und lautem Gedröhn katapultierte sich die Corvette aus der Parkspur, um wenige Meter später um die Kurve in die Hauptstraße zu driften. Andrina gab noch einmal Gas, Drake wurde in seinen Sitz gedrückt.«

»Du, da sind 50 vorgeschrieben!«

»Na und? Die fahren wir doch locker, oder?«

Drake überlegte, wo er diese Replik schon einmal gehört hatte, doch Andrinas Fahrtechnik ließ ihm wenig Zeit zum Grübeln. Während der Wagen bereits wieder eine Geschwindigkeit jenseits der 130 erreicht hatte, kramte Andrina wie nebenbei im Fond des Wagens herum, fingerte eine Mineralwasserflasche hervor, öffnete sie mit den Zähnen und nahm sodann einen tiefen Schluck. Wortlos hielt sie Drake die Flasche hin.

»Mineralwasser? Willst du mich vergiften?«

»Nimm's oder laß es bleiben. Mir egal.«

Nun, immerhin hatten Andrinas Lippen dieses Glas berührt, und so ergriff Drake das Behältnis und ließ den Inhalt in seine Kehle rinnen. Er wischte sich mit dem Handrücken über den Mund: »Eigentlich verlangt so etwas nach einem Scotch.«

»Säufer«, kam postwendend Andrinas Kommentar.

»Besser Säufer als Scheinheiliger«, gab Drake zurück.

Abrupt bremste Andrina die Corvette ab, sodaß Drake trotz angelegten Sicherheitsgurts kräftig nach vorn geschleudert wurde und mit dem Kopf nur um Haaresbreite einer Kollision mit der Windschutzscheibe entging. Entgeistert starrte er Andrina an.

»Was ...?«

»Ein solches Wort noch, und du gehst zu Fuß nach Hause, capisce?«

»Oha, Madame fühlen sich verletzt? Quelle tragédie! Pardonnez-moi!«

Andrina drückte wieder aufs Gas: »Fick dich doch selbst, du Jammerlappen.«

Drake meinte, eine neue Facette an Andrina bemerkt zu haben. Bislang war sie nicht so schnell aus der Ruhe zu bringen gewesen. Den Rest der Fahrt schwiegen die beiden jedenfalls.

Als der Wagen vor Drakes Büro zum Stillstand kam, blickte Andrina unverwandt nach vorn. Drake suchte seine Sachen zusammen, dann sah er Andrina an: »Willst du mir sagen, was los ist?«

»Was los ist? Was soll los sein, Mann?«

»Das weiß ich nicht. Aber du bist, wie soll ich sagen, ungewöhnlich unausgeglichen.«

»Ach was, ich will bloß nicht scheinheilig genannt werden, das ist alles.«

»Es sind die Filme«, blieb Drake hartnäckig.

Andrina sah ihm in die Augen. Dann nickte sie knapp: »Ja, ich hatte mich für ein Projekt beworben, für das ich mich wirklich stark interessierte. Internationale Produktion, Big Player, große Kassa und so. Aber dann haben sie mir Estelle Getty vorgezogen. Kannst du dir das vorstellen? Estelle Getty. Ich fasse es einfach immer noch nicht.« Um ihren Unmut zu unterstreichen, schlug sie mit der geballten Faust auf das Lenkrad.

»Und worum ging's bei diesem Film?« bemühte sich Drake um Mitgefühl, dabei verzweifelnd nachgrübelnd, wer denn Estelle Getty sein könnte.

»Das Leben von Mutter Teresa. Und für einen solchen Stoff nehmen die eine von den Golden Girls. Nicht zu glauben, was?«

Drake blinzelte, seine Augenlider zuckten nervös. Er war verwirrt. Dann gewahrte er das breite Grinsen auf Andrinas Gesicht. Sie hatte ihn schon wieder einmal verladen. Nun mußte auch er lächeln: »Du Biest!«

Andrina ließ ihren Oberkörper nach hinten fallen und lachte: »Ja, es tut gut, andere zu verschaukeln, ich geb's zu. Aber ein Körnchen Wahrheit ist schon in dem, worüber ich dir gerade berichtete. Irgendwie scheine ich auf Sexfilme festgelegt worden zu sein. Das einzige konkrete Angebot der letzten Wochen war für eine deutsche Fernsehserie im Stripperinnenmilieu, für die sich angeblich schon die Kirchberger und die Stemberger entblößen. Bei der Kirchberger seh ich's ja noch ein, die macht seit Jahren nichts anderes. Aber daß die Stemberger dorthin zurückkehrt, wo sie begonnen hat, verheißt für ihre Karriere nichts Gutes.«

Einen Moment lang war Andrina ins Sinnieren gekommen, doch schon kurz darauf hatte sie sich wieder im Griff: »Anyway, vorerst müssen wir ohnehin Slovac retten und die Bösewichter zur Strecke bringen. Wer weiß, vielleicht können wir dann diese Story an die Filmindustrie verhökern. Du weißt schon, Bogart und Bacall schlagen wieder zu.«

»Du sagst es, du Holde. Ich wünsch' dir«, sagte Drake, während er aus der Corvette kletterte, »noch einen traumhaften Abend.«

»Den werd' ich haben. Linda wird sich schon nach mir verzehren. Und du«, schickte sie Drake nach, »bleib anständig. Daß du mir nicht die Bezüge ankleckerst, hörst du.«

Drake drehte sich einmal um die eigene Achse: »Ha, ha«, machte er. Kurz danach verschwand er im Hausflur.

V.

Am nächsten Morgen raffte sich Drake auf und tätigte einige Anrufe. Zuerst klingelte er bei Bondić an. Der wirkte sehr entgegenkommend und war sofort bereit, sich in einem Innenstadt-Café mit dem Privatdetektiv zu treffen. Nach diesem Telefonat meditierte Drake ein Weilchen, um den Namen Črnjatović auch halbwegs astrein runterleiern zu können, ehe er abermals zum Hörer griff. Auch Črnjatović zeigte sich kooperativ. Er schlug ein gemeinsames Abendessen in einem jugoslawischen Restaurant des Namens »Makedonija« vor. Drake rieb sich geistig die Hände und war mit der Welt zufrieden. Die Sache ließ sich gut an.

Als Drake in dem Kaffeehaus eintraf hielt er nach einem Mann Ausschau, der, gleich ihm, den Reiseführer »Jugoslawien« in der Hand halten würde. Da saß er. Ein großer, schlanker Rentner mit einer voluminösen grauen Mähne, der aus einer Fensternische angestrengt zur Eingangstür hinstarrte, das Buch dabei fest an die Brust gepreßt. Drake trat von der Seite an ihn heran: »Herr Bondić, wie ich vermute.«

»Stanley?«

»Wie bitte?«

»Stanley. Das ist der Satz, den Stanley aussprach, als er Doktor Livingstone im Urwald fand. Mr. Livingstone, I presume. Kennen Sie die Geschichte nicht?«

»Düster dämmert mir etwas. Aber es ist schon ein Weilchen her, seit ich die Schulbank drückte. Außerdem, so originell scheint mir der Spruch gar nicht zu sein, nebenbei bemerkt.«

»Wie auch immer«, lenkte Bondić ein, »ich vermute nun einmal, daß Sie Herr Drake sind. Und ich vermute weiter, daß Sie mich weniger wegen dieses Reiseführers interviewen wollen, sondern wegen der betrüblichen Ereignisse rund um meinen Freund Mladen.«

»Sie wissen davon?«

»Entschuldigen Sie, lesen Sie keine Zeitungen? Die sind voll davon!«

»Oh!«

»Hat die Polizei schon irgendwelche Anhaltspunkte? Ist irgendeine Lösegeldforderung eingetroffen?«

»Um ehrlich zu sein, ich habe heute noch nicht mit Oberst Milus Rücksprache gehalten«, bemühte sich Drake um Contenance, »aber ich bin überzeugt, er hätte mich angerufen, wenn neue Informationen zutage getreten wären.«

Bondić nickte schwach. In der Zwischenzeit war der Ober an den Tisch herangetreten, und Drake bestellte eine Portion Tee mit Rum.

»Reichlich früh, ich weiß«, gab er zu, als wollte er sich für seine Wahl entschuldigen, doch Bondić lächelte nur: »In Serbien würde man um diese Tageszeit auf den Tee verzichten und sich auf Sliwowitz und Speck beschränken.«

»Ich dachte, das mit dem Sliwowitz wäre ein Klischee?«

»Ist es auch, aber davon lebt man, als Autor von Romanen ebenso wie als Verfassern von Reiseführern.«

»I see.«

»Letztlich aber auch als Detektiv, würde ich meinen«, spann Bondić den Gedanken weiter, »man sollte gar nicht glauben, wie sehr ein Klischee von den Menschen Besitz ergreift, vor allem, wenn sie sich im Ausland befinden. Da wird plötzlich jeder zum Patridioten.«

»Was?« Drake glotzte sein Gegenüber blöde an.

»Ach, nur ein kleines Wortspiel von mir, wenn Sie wissen, was ich meine. Patriot, Idiot. Läßt sich herrlich zusammenziehen. Und ist noch dazu so stimmig.«

»Ah ja.«

»Nun, wie auch immer«, räusperte sich Bondić, »ich habe jedenfalls die Feststellung gemacht, daß etwa Italiener die Feinheiten ihrer Küche just im Ausland so richtig zu schätzen lernen. Oder die Deutschen. Sehen Sie sich die Deutschen an. Die wollen ihr Eisbein selbst bei 40 Grad im Schatten an irgendeinem südspanischen Strand. Und meine Landsleute sind da ja auch nicht anders. Weshalb gäbe es sonst so viele jugoslawische Restaurants in dieser Stadt?«

Drake tat nickenderweise Zustimmung kund, während er an dem mittlerweile servierten Tee nippte.

»Ja, und Trachten tragen die Leute auch wesentlich öfter auswärts als zu Hause. Es sei denn, sie sind irgendwie in der Tourismusbranche engagiert.«

Drake bekam allmählich das Gefühl, er müsse Bondić in dessen philosophisch-soziologischen Betrachtungen ein wenig einbremsen. Wie beiläufig blickte er auf seine Armbanduhr. Dreimal binnen einer halben Minute. Bondić verstand den Wink.

»Nun, wie auch immer«, erklärte er aufgeräumt, »ich denke, das Phänomen der Verhaltensweise von Touristen ist nicht wirklich ihr vorrangigstes Interesse.«

»Nun ja, ich glaube, Mladen Slovac hat in der Tat größere Priorität.«

»Mhmm, ja, eben. Also, was wollen Sie wissen?«

»Hatte er Ihrer Meinung nach irgendwelche besonderen Feinde?«

»Sehen Sie, soviel zum Thema Klischee«, wischte Bondić dem Frager eins aus: »Alle Detektive beginnen immer mit derselben Frage.«

»Vielleicht, weil sie Sinn macht«, relativierte Drake das eben Gesagte.

»Nun, wie auch immer«, verwendete Bondić zum dritten Mal in kürzester Zeit seine Lieblingsphrase, »ich kenne nur wenige Leute, die sich so viele Feinde gemacht haben wie Mladen. Er eckte praktisch überall an. Wie alle Leute, die der Vernunft das Wort reden, möchte ich meinen. Ich kann mich noch gut daran erinnern, wie oft ich in Schwierigkeiten kam, wenn ich mich mit ihm traf. Da schielte man in Belgrad dann immer äußerst argwöhnisch in meine Richtung, und mehr als einmal hatte ich zu Hause einigen Erklärungsbedarf. Andererseits wußte man in Belgrad genau um seine Popularität hierzulande, und die paar Bücher, die man auch in Jugoslawien von respektive über ihn publizierte, waren meistens sehr schnell ausverkauft. Am Ende des Tito-Staates war er dann irgendwie fast schon kanonisiert, sodaß man meinen könnte, von der Seite hatte er noch am wenigsten zu befürchten.

So richtig eng wurde es erst nach dem Zerfall Jugoslawiens, da Mladen nicht müde wurde, gegen die Kleinstaaterei zu Felde zu ziehen und den Mangel an Demokratie in den Nachfolgestaaten anzuprangern. Damit hat er sich weder in Belgrad noch in Zagreb oder Sarajewo Freunde gemacht.«

»Und wie weit, würden Sie meinen, reicht der Einfluß dieser Leute, die nicht die Freunde von Slovac werden wollten?«

»Weiter, als Sie glauben«, entgegnete Bondić, »es gab hier immer eine relativ große UDBA-Abteilung, das war ...«

»Die jugoslawische Staatssicherheit«, gab sich Drake informiert.

»Eben«, sagte Bondić, anerkennend eine Augenbraue hochziehend, »und mit denen war nicht gut Kirschen essen. Mit denen mußte man sich, wollte man in Jugoslawien ein ruhiges Leben haben, gut stellen, was mir, so nebenbei bemerkt, gar selbst den Ruf eingetragen hat, etwas mit denen zu schaffen zu haben. Sie wissen, die Neider schrecken vor keiner Verleumdung zurück, wenn sie einen schlechtmachen wollen. An derlei Tratsch ist aber kein Wort wahr«, erklärte Bondić bestimmt.

Drake schwieg.

»Nun«, fuhr Bondić leicht verunsichert fort, »diese UDBA also, die existiert heute ohne Frage auch noch, nur arbeiten ihre Leute heute für Serbien. Daneben gab es aber immer einen wüsten Haufen von Exilkroaten, für die der seinerzeitige Faschistenführer Pavelić der wahre Nationalheld war. Als Tuđman in Zagreb das alte Pavelić-Regime rehabilitierte und sich selbst zu Pavelićs Erben hochstilisierte, da witterten die hiesigen Kroaten natürlich Morgenluft und organisierten sich dementsprechend. Doch auch die islamischen Fundamentalisten, die von einem Bosnien unter der Scharia, dem islamischen Recht, wie es derzeit schon im Iran und im Sudan gehandhabt wird, träumen, sollte man nicht unterschätzen. Allen drei Gruppierungen würde ich ohne weiteres zutrauen, daß sie sich an Slovac vergriffen haben.«

»Und, haben Sie da auch irgendwelche Namen bei der Hand? Leute, bei denen ich mal auf den Busch klopfen könnte?«

»Ich warne Sie«, Bondić legte einiges an Eindringlichkeit in seine Stimme, »Sie wissen wohl nicht, was Sie da riskieren. Wenn Sie sich mit denen einlassen, dann stechen Sie in ein Hornissennest. Und so etwas ist selten gesund.«

»Ich hab schon so manches erlebt«, gab sich Drake abgeklärt, »glauben Sie mir, West-Belfast war seinerzeit auch kein Spaziergang.«

»Sie meinen, Sie waren in den Falls? Die IRA?«

»Ja, aber die Geschichte erzähle ich Ihnen ein anderes Mal. Jetzt müssen wir uns um Slovac kümmern«, blieb Drake bestimmt, »also, haben Sie Namen?«

»Nun ja, also«, Bondić schien nachzudenken, »der allmächtige Chef der hiesigen UDBA-Niederlassung war ein Mann mit Namen Stanimir Delić, mit dem Decknamen Groß. Eine beeindruckende Persönlichkeit. Ein Geheimdienstmann der alten Schule. Äußerst belesen, stets korrekt, gebildet und mit ausgezeichneten Manieren, und dabei furchteinflößender als ein Dutzend Schläger des Nächtens in einer Sackgasse, wenn Sie wissen, was ich meine. Er hatte eine Vorliebe für Astraganfelle und Löwenzahnblumen. Wenn der Astraganmantel irgendwo in einem jugoslawischen Restaurant auftauchte, dann erstarb augenblicklich jede Unterhaltung, das kann ich Ihnen sagen. Der Mann wohnt jedenfalls immer noch in der Stadt. Irgendwo draußen am Fluß, die genaue Adresse könnte ich Ihnen besorgen. Aber er steht auch im Telefonbuch. Unter Groß allerdings, wie Sie sich vorstellen können.«

Drake zückte Papier und Bleistift und notierte sich die genannten Namen. Dann blickte er Bondić erwartungsvoll in die Augen.

»Bei den Kroaten wird es schon ein wenig schwieriger. Da war lange Zeit ein ehemaliger Ustaša-Offizier das große Tier. Ein Karel Jellasich. Angeblich ein Nachfahre des seinerzeitigen Banus, der für den Kaiser den Aufstand der Ungarn anno 1848 niederschlug. Aber der Kerl müßte mittlerweile weit über 80 sein, sodaß sich die Frage stellt, ob der überhaupt noch lebt. Aber das kann ich für Sie herausfinden.«

»Und was ist mit den Mullahs?«

»Mullahs, richtig. Da liegen Sie gar nicht so falsch, junger Freund.«

Drake lächelte dankbar für diese Anrede und mußte an Andrinas Sticheleien in bezug auf sein Alter denken.

»Da gehen Sie am besten in den 10. Bezirk. Dort haben die ein islamisches Zentrum, wie die das nennen. Das geistige Oberhaupt, irgend so ein Imam, ist ein wahrer Finsterling, der Frauen ohne Kopftuch und Schleier am liebsten persönlich steinigen würde. Mit bürgerlichem Namen heißt er Dževad Popović, was doch einigermaßen spaßig ist, wenn man weiß, daß Popović quasi Sohn des Popen heißt, und der Pope ein christlich-orthodoxer Priester ist. Aber Sie wissen sicher, wie das ist. Die Assimilierten sind immer die ärgsten Scharfmacher.«

»Kennen Sie einen Herrn Črn-jato-vić?« Die Frage war Drake spontan eingefallen.

»Lazar? Na sicher doch. Ein witziger Zeitgenosse. Sein Schnurrbart wird Sie in Erstaunen versetzen, glauben Sie mir. Von seiner Nationalität her ist er Makedonier, was ihn ziemlich unverdächtig für jede Form von Nationalismus macht, weil er keiner der großen Völkerschaften angehört. Die Makedonier waren auch diejenigen, die den Erhalt Jugoslawiens am längsten verteidigt haben, was wiederum historische Ursachen hat, weil ...«

»Äh, Herr Bondić«, unterbrach Drake den Erzählfluß des alten Mannes, »ich glaube, ich darf Ihre kostbare Zeit wirklich nicht über Gebühr in Anspruch nehmen. Fürs erste haben Sie mir wirklich außerordentlich geholfen, und ich hoffe, ich darf mich auch weiterhin an Sie wenden, wenn ich Hilfe brauche.«

»Ich stehe Ihnen jederzeit zur Verfügung. Ich hoffe, es gelingt Ihnen, Mladen da rauszuholen. Halten Sie mich auf dem Laufenden?«

»Gerne, Herr Bondić, gerne. Aber jetzt muß ich wirklich los. Ich wünsche Ihnen noch einen guten Tag.«

Drake winkte den Kellner herbei, bezahlte die Konsumation seines Gastes gleich mit, verbeugte sich artig in Bondićs Richtung und zog von dannen. Wieder auf dem Bürgersteig, seufzte er tief auf und steckte sich eine weitere Camel an. Der Typ war wahrlich schwatzhaft, aber Drake hatte das Gefühl, das Gespräch nicht umsonst geführt zu haben. Er hatte neue Ansatzpunkte, und davon mußte er Andrina und Milus in Kenntnis setzen.

Er manövrierte seinen Körper in Richtung Taxistand, um sich ohne weitere Umschweife ins Polizeipräsidium kutschieren zu lassen. Andrina würde irgendwo vor einer Kamera stehen und sich mit Duschgel einreiben, also erschien es zweckmäßiger, sich direkt an Milus zu wenden.

Vor der Zentrale der hiesigen Sicherheitskräfte bezahlte Drake den Fahrer und stieg aus dem Wagen. Eilig kletterte er die breite Treppe aufwärts, die zum Hauptportal führte. Dort wurde er von einem Wachposten angehalten.

»Wohin wollen Sie denn so eilig? Stellen Sie sich freiwillig?«

Daß er polizeilich gesucht wurde, war Drake neu.

»Sehe ich wie ein Verbrecher aus?«

»Alle, die keine grüne Uniform tragen, sind potentielle Verbrecher«, gab der Polizist zurück.

»Und was ist mit den Leuten von der Zivilstreife?«

Der Uniformierte legte die Stirn kraus. Nach einem Moment des zähen Schweigens entschloß er sich zu einem breiten Grinsen: »Der Punkt geht an Sie. Gehen Sie ruhig rein.«

»Was denn, keine Kontrolle? Wollen Sie nicht einmal wissen, wo ich hinwill?«

»Wozu denn. Unsere Weisung lautet nur, laßt jeden rein und keinen raus. Sind Sie also ein Böser, dann haben wir Sie ohnehin, und sind Sie's nicht, dann werden Sie schon selbst wissen, was Sie tun.«

Die Argumentation leuchtete Drake ein. Er zuckte mit den Schultern und begab sich ins Innere des Gebäudes. Den Weg zu Oberst Milus' Büro kannte er mittlerweile. Als er im Vorzimmer des Polizeichefs anlangte, öffnete sich die Tür zu dessen Amtsraum, und Grete Habib kam direkt auf Drake zu. Schon wieder eine weibliche Versuchung, dachte Drake und bemühte sich um einen intelligenten Gesichtsausdruck. Warum waren diese gerade in solchen Situationen nie vorrätig, fragte er sich dann, als er zufällig im Spiegel neben der Tür seines Antlitzes ansichtig wurde. Habib mußte ihn für einen ziemlichen Trottel halten. Nun, in puncto Frauen war er das wohl auch, gestand er sich ein.

Doch Drake blieb keine Zeit, derlei Gedanken nachzuhängen.

»Ah, Drake, fein, daß Sie hier sind, kommen Sie doch rein«, drang die Stimme von Milus an Drakes Ohr. Er riß sich zusammen, schüttelte die Traumbilder von sich und trat an den schweren Schreibtisch des Obersten.

»Tag, Boß«, bemühte er sich um joviale Herzlichkeit.

Milus ignorierte Drakes Vertraulichkeit: »Kommen wir zur Sache. Was haben Sie bislang herausgefunden, denn offen gestanden, ich finde es äußerst merkwürdig, daß sich die Entführer immer noch nicht gemeldet haben. Der Sohn von Slovac, dieser Filmemacher, klebt rund um die Uhr am Telefon, weil seine Mutter, also die Ehefrau von Slovac, nicht in der Lage ist, irgendwie zu agieren. Nimmt sie wohl ziemlich her, die Sache. Na, jedenfalls, wie eine gewöhnliche Entführung sieht mir das ganz und gar nicht aus.«

»Ist es auch nicht«, bestätigte Drake, »ich glaube eher, daß man Slovac aus dem Weg räumen und mit der vermeintlichen Entführung eine falsche Fährte legen wollte.«

»Sie glauben?«

Drake nickte: »Ich fürchte«, sagte er dann, »so hart und unerbittlich das nun klingt, aber ich fürchte, Slovac ist in der Zwischenzeit bereits ermordet worden. Die Geschichte mit der Entführung diente nur dazu, Zeit zu gewinnen, konnten die Täter doch davon ausgehen, daß die Polizei in diesem Fall erst einmal abwarten würde, welche Bedingungen gestellt werden. In der Zwischenzeit konnten die Täter auch gleich eifrig Spuren verwischen und vielleicht sogar ungehindert aus dem Land ausreisen.«

»Das ist ein Punkt«, stimmte Milus zu, »so habe ich die Sache noch gar nicht betrachtet.«

»Tja, und die Frage ist jetzt nur, wer hatte ein so großes Interesse daran, Slovac verschwinden zu lassen, daß er gleich eine derart große Aktion startete. Verstehen Sie mich nicht falsch, Oberst, aber ich denke, die Brüder da unten sind doch normalerweise nicht zimperlich. Wenn da einer aus dem Verkehr gezogen werden soll, dann schaut irgendein bezahlter Killer vorbei, drückt ab, und das war's dann. Oder etwa nicht?«

Milus dachte an die ganzen Attentate, die man der sogenannten Russen-Mafia zuschrieb und nickte: »Da haben Sie wohl recht.« Sein Gesicht erhellte sich plötzlich: »Deswegen haben wir auch geglaubt, es tatsächlich mit einer Entführung zu tun zu haben.« Mit einem Mal war ihm die Entschuldigung für das falsche Beurteilen der Lage in die Hände gefallen, mit der er sich beim Innenminister rechtfertigen würde.

»Gegen eine Entführung«, philosophierte Drake weiter, »spricht auch der Umstand, daß bei Slovac objektiv nichts zu holen ist. Der Mann ist zwar prominent, hat aber offensichtlich nicht einmal genug Geld, sich ein anständiges Dach über dem Kopf zu leisten. Jedem halbwegs normalen Entführer muß also klar sein, daß ihm eine solche Aktion mit ziemlicher Sicherheit mehr Investitionskosten verursacht, als dabei Lösegeld zu machen ist.«

Der Telefonapparat auf Milus' Schreibtisch schrillte. Milus machte eine begütigende Geste in Drakes Richtung und hob ab.

»Ja? ... Hallöchen, Andrina, mein Schatz. Welch ein Zufall, Drake ist gerade bei mir. ... Was es Neues gibt? Nun, nichts, aber Drake überzeugt mich gerade davon, daß wir es hier gar nicht mit einer Entführung, sondern mit einem geschickt verschleierten ... Was heißt, du weißt bereits, daß es ein Attentat war? ... Wie? Zusammengereimt? ... Ach so, ja, Drake hat mir gerade dasselbe erzählt. ... Ja, gut, in Ordnung, ... einverstanden, ja«, Milus blickte Drake an und hielt ihm den Hörer entgegen, »sie will mit Ihnen sprechen.«

Drake legte sich ein wissendes Lächeln auf und nahm die Muschel entgegen: »Hallo Andrina. Wir kamen zu denselben Schlüssen, höre ich? ... Ja, dachte ich mir auch. ... Na ja, so ganz blicke ich da noch nicht durch. Dieser Bondić nannte mir gleich drei Gruppen von möglichen Verdächtigen. Ich denke, ich werde sie alle drei abgrasen und mal ein wenig auf den Busch klopfen. Aber wenn du meine persönliche Meinung hören willst, ich tippe auf die Moslems. ... Warum? Nun, ich denke die UDBA hatte schon jahrelang genug Zeit, mit Slovac klar Schiff zu machen, wieso sollten die auf einmal eifrig werden. Und die Kroaten haben wohl andere Sorgen, als mit irgendwelchen Attentaten negative Schlagzeilen zu sammeln. Aber diese Moslemfundis, die führen sich ja überall auf, als wären sie der strafende Gott Zeus höchstpersönlich. ... Wie? Nicht ihre Art? ... Eher Bombenanschläge? Nun, ich denke, das müssen wir noch mal gemeinsam durchdenken. ... Wann bist du mit deinen Dreharbeiten fertig? ... Okay, ich treffe mich abends mit diesem Črn-irgendwie, komm doch einfach in dieses Makedonija, so gegen 10 Uhr ... Warte, die Adresse sage ich dir gleich.«

Drake gab Andrina zweckdienliche Ortsangaben und hängte dann mit einem neckisch hingehauchten »Tschüß« ein. Milus wirkte ein wenig verstimmt, daß er nicht noch einmal in den Genuß von Andrinas Stimme gekommen war, versuchte aber, sich nichts anmerken zu lassen. Drake schickte sich an, das Präsidium wieder zu verlassen: »Wenn wir was Neues haben, lassen wir Sie es wissen, Chief. Geht das in Ordnung?«

Milus nickte resigniert. Als sich Drake zum Gehen wandte, klingelte abermals das Telefon. Der servilen Eilfertigkeit von Milus entnahm er, daß der Minister am Apparat war. Drake lächelte mitleidig und schloß sachte die Tür hinter sich. Beim Portal nickte er dem

Posten freundlich zu: »Ich hab Bewährung gekriegt, ich darf raus.« Der Polizist grinste: »Freu dich nicht zu früh, irgendwann kriegen wir sie alle.« Drake nickte: »Ich weiß.«

»Auf bald dann.«

»Ja, auf bald.«

Drake schlenderte ziellos durch die Innenstadt. Bis zu seiner Verabredung mit Črnjatović hatte er noch massenhaft Zeit. Er überlegte, in ein Café zu gehen, doch war er für seinen Geschmack schon zuviel in Lokalen herumgesessen, ein wenig Bewegung, so dachte er, würde ihm nicht schlecht bekommen, und so wanderte er die Schaufenster entlang, ließ seinen Blick schweifen, ohne zu wissen, was er suchen sollte. Er schlenderte in Richtung Innenministerium, bog aber dann nach links ab und befand sich auf einem kleinen Platz, der von der Feuerwehrzentrale der Stadt dominiert wurde. Gegenüber dem Fuhrpark befand sich ein kleines Barockkirchlein, wie es so viele in dieser Stadt gab. Gelangweilt warf Drake ein Auge auf das Türschild: »Hrvatski Pastirski Centar« stand da zu lesen. Drake wußte in der Zwischenzeit um die engen Kontakte zwischen katholischer Kirche und Ustaša, vielleicht sollte er sich hier einmal umsehen. Er kramte in seiner Brieftasche und fand den alten Presseausweis des »Guardian«, der ihm schon so viele Male nützlich gewesen war. Damit bewaffnet betrat er den Pfarrhof.

»Dobar dan. Kaj ti želiš, moj sin?« Ein ältlicher Schwarzkittel sprach ihn an.

»Äh, sorry, aber ich tue nicht sprechen diese Sprache, ich bin Engländer, Reverend«, spielte Drake den ahnungslosen Briten.

Der Grauhaarige lächelte ihn an: »Ah, ich sehe, verzeihen Sie, aber üblicherweise werde ich hier nur von meinen Landsleuten aufgesucht. Ein Gast wie Sie ist äußerst selten in diesen Hallen. Was kann ich für Sie tun, Herr …«

»Drake, Henry Drake. Ich bin Korrespondent des Guardian, einer der größten Tageszeitungen Britanniens, und ich arbeite an einem Artikel über die Neuordnung am Balkan. Ich hoffte, hier Informationen bekommen zu können über die Geschichte und die Kultur Kroatiens.«

»Waren Sie schon bei der Botschaft?« fragte der Pfarrer skeptisch.

»Nein«, sagte Drake, »aber Sie sind mir empfohlen worden.«

»So, von wem denn, wenn ich fragen darf?«

»Von Herrn Jellasich«, log Drake.

Das Gesicht des Pfarrers verfinsterte sich: »Das würde mich wundern, seit seinem zweiten Schlaganfall ist Karel Jellasich seiner Stimme verlustig.«

»Karel? Nein, Josef, Josef Jellasich. In London. Er ist dort an der Botschaft Attaché.« Drake wußte nicht einmal, ob es in London überhaupt eine kroatische Vertretung gab, aber er ging davon aus, daß ein kleiner Pfarrer durchaus keinen Überblick über die Diplomatie und das diplomatische Korps besaß. Und mit »Josef« konnte man in einem katholischen Land nicht allzu falsch liegen, vermutete Drake weiter. Also legte er eine gewichtige Portion Überzeugung in seinen Gesichtsausdruck und blickte den Pfarrer erwartungsvoll an.

Drakes Worte hatten ihre Wirkung nicht verfehlt: »Ach so, verzeihen Sie, für einen Moment dachte ich, ... aber ... in London, sagen Sie. Na ja, nichts für ungut. Aber man kann nie vorsichtig genug ... Wissen Sie, die Entente-Mächte, sie sind nicht wirklich ... unsere Freunde, für gewöhnlich.«

»Aber«, Drake hielt dem Pfarrer seinen Ausweis unter die Nase, »unsere Presse ist unabhängig und äußerst interessiert. Und daher«, Drake steckte den Ausweis wieder weg, noch ehe der Priester ihn genauer in Augenschein nehmen konnte, »wäre ich Ihnen für allfällige Informationen äußerst verbunden.«

»Ich bin nur ein kleiner Diener Gottes. Sie sind hier an der falschen Adresse. Sie sollten sich an die Botschaft wenden«, blieb der Gottesmann reserviert.

»Glauben Sie mir, das werde ich auch tun. Ich dachte nur, Sie könnten mir auch ein paar ... nun, inoffizielle Kontakte nennen. Sie erwähnten zuerst einen Karel Jellasich. Ist das nicht der ehemalige Ustaša-Führer?«

»Ja, ja«, gab sich Drakes Gesprächspartner unwillig, »aber wie gesagt, Jellasich ist kein Mann mehr für Interviews. Der Herr in seiner unergründlichen Güte wird ihn nur allzu bald zu sich rufen, nehme ich an.«

»Nun, es wird aber jemanden geben, der seinen Platz einnimmt in der Gemeinde«, insistierte Drake.

»Sie wollen einen Ustaša-Mann, ist es das, was Sie wollen?«

»Um ehrlich zu sein, ja. Es muß doch irgendjemanden geben, der die Dinge deutlicher beim Namen nennt als ein unverbindlicher Diplomat, wenn Sie verstehen, was ich meine. Wir in England lieben präzise und prägnante Information. Kein langes Wenn und Aber. Ich denke, das bin ich meinen Lesern schuldig.«

»Sie sind ziemlich hartnäckig, was?«

Drake nickte.

»Nun gut«, der Pfarrer kramte nach einem Stück Papier und zückte dann einen Bleistift. Er malte einige Buchstaben auf. »Wenden Sie sich an diese Adresse und sagen Sie, Pfarrer Miklosich schickt Sie. Sie werden auf offene Ohren für Ihr Anliegen stoßen.«

Drake nahm das Papier entgegen, warf einen flüchtigen Blick darauf und lächelte den Priester an: »Verbindlichen Tag, Reverend, und schönen Tag noch.« Er wandte sich wieder dem Ausgang zu.

»Bei uns heißt das schlicht Herr Pfarrer«, rief ihm Miklosich nach, »nur bei euch Häretikern gibt es Reverends«, sagte er dann schon eine Spur leiser, um sich dann kopfschüttelnd wieder seinen Geschäften zuzuwenden.

Drake sah zunächst auf die Uhr, dann auf den Zettel, den er vom Pfarrer erhalten hatte. Der ihm so anempfohlene Dr. Stipe Pantelić, Zahnarzt, wohnte keine zehn Minuten von der Kirche entfernt. Drake ging in die nächste Telefonzelle und wählte die angegebene Nummer.

Pantelić war nur zu gern zu einem Interview bereit und erklärte, er könne Drake sofort empfangen, da er am heutigen Tage keine Ordination habe. Drake fiel unterwegs noch schnell in ein Papierwarengeschäft ein, um sich durch die Aneignung von Papier und Schreibwerkzeug ein wenig professioneller wirken zu lassen, und machte sich dann zur Ordination des Kroaten auf.

»Gott zum Gruße«, empfing ihn ein jovial wirkender Dicker von leidlich 50 Jahren. Das Gesicht des Mannes war krebsrot, was wohl von Bluthochdruck herrührte, die wenigen Haare, die ihm geblieben waren, maßen kaum mehr als zwei bis drei Millimeter. Ein in die Jahre gekommener Skinhead, urteilte Drake fachmännisch. »Guten Tag«, sagte er dann.

Drake erläuterte in knappen Sätzen, was er, der Journalist des Guardian, an Informationen wünsche über den Staat Kroatien, über die staatstragende Partei und ihre Geschichte. »Wie ich erfahren habe«, so endete Drake, »hat der Staat Kroatien ja schon früher, vor diesem kommunistischen Regime, eine herausragende Rolle in der Bekämpfung des internationalen Bolschewismus gespielt. Begreifen Sie sich in dieser Tradition?«

Pantelić lächelte breit.

Plötzlich und unerwartet ergoß sich ein Wortschwall von Zahlen und historischen Daten aus dem Munde des Zahnarztes über Drake, sodaß dieser nur entgeistert auf den beleibten Redner starren konnte.

»Wollen Sie das nicht aufschreiben, Herr Redakteur«, fragte dieser schließlich.

»Doch, doch, aber, offen gestanden, ich plane kein Buch, nur einen Artikel. Wenn Sie vielleicht die Tomislavs und die – wie hieß der noch gleich, Zvonimir? – auslassen und gleich in unser Jahrhundert springen könnten? Damit wär mir sehr gedient, wissen Sie.«

Pantelić machte eine enttäuschte Miene: »Also gut. Die Kroaten wurden gegen ihren Willen in das Königreich Jugoslawien gepreßt. Anno 1918, nach dem Ende der Österreichisch-Ungarischen Monarchie. Sie ...«

Wieder hatte Drake Mühe, das Sendungsbewußtsein des Hobby-Historikers einzubremsen. Immerhin aber erfuhr er, daß Pantelić den Ustaša-Führer Ante Pavelić für die größte historische Figur dieses

Jahrhunderts hielt, mit der sich gerade noch Papst Johannes Paul II. messen könne, daß der unabhängige Staat Kroatien das perfekte Gemeinwesen dargestellt hätte, daß im Konzentrationslager Jasenovac, wo übrigens kein Mensch systematisch umgebracht worden sei, nur Bolschewiken und andere Verbrecher gesessen seien, daß die Ustaša-Bewegung die katholische Speerspitze im Kampf um ein freies und christliches Europa gewesen sei, und schließlich, daß Franjo Tuđman nach einigen Jugendsünden endlich seine wahre Mission erkannt habe. Drake atmete bei dem Gedanken, ähnlich verworrene Hirngespinste auch von den anderen beiden Herren, dem Serben und dem Mullah, hören zu müssen, gequält durch.

»Wie beurteilen Sie die gegenwärtige Lage Ihres Landes, Herr Pantelić«, sagte er dann.

Und wieder ergoß sich ein Schwall politischer Phrasen über Drake, der ernstlich an der Sinnhaftigkeit seines Unterfangens zu zweifeln begann. Er machte einige unleserliche Krakel in sein Notizheft und nickte ab und zu. Pantelić schien sehr zufrieden: »Und deshalb«, schloß der seine Philippika, »muß Kroatien auch all jene Gebiete zurückgewinnen, auf die derzeit – völlig unrechtmäßig, wie ich anmerken muß – andere sogenannte Staaten Anspruch erheben.«

Drake sah auf: »Was sagen Sie zum Fall Slovac«, sagte er unvermittelt. Pantelić zuckte nervös zurück: »Wie kommen Sie jetzt darauf?«

»Nun, wenn ich auch für eine bestimmte Zeitung schreibe, so heißt das nicht, daß ich nicht auch andere lese. Und Slovac ist auch bei mir zu Hause ein berühmter Mann. Also, Herr Pantelić, wer, glauben Sie, hat Slovac entführt?«

Pantelić plusterte sich auf: »Woher soll ich das wissen? Ich bin Zahnarzt, nicht Polizist.«

»Es ist doch wohl naheliegend, daß die Tat einen politischen Hintergrund hat. Denn Slovac, und das ist allgemein bekannt, zählt nicht unbedingt zu den Reichen.«

Pantelić legte seine Stirn kraus: »Also, wenn ihn nicht doch noch die UDBA geholt hat, dann würde ich auf die Muslime tippen. Die sind immer für solche Sachen gut.« Wie um seine Worte zu unterstreichen, nickte Pantelić demonstrativ: »Ja, die Serben oder die Muslims. Da würde ich ansetzen, wäre ich Polizist.«

»Verstehen Sie mich bitte nicht falsch, aber können Sie ausschließen, daß irgendwelche Kroaten ...«

»Was erlauben Sie sich«, brauste Pantelić auf, »das heilige Volk der Kroaten kämpft für die Freiheit. Also wird auch kein Kroate jemanden der Freiheit berauben. Nicht einmal einen Serben wie Slovac!«

Drake klappte sein Heft zu und stand auf: »Herr Pantelić, ich danke für dieses Gespräch. Ich ...«

»Moment«, unterbrach ihn der Zahnklempner, »ich habe noch eine Menge Broschüren, die ich Ihnen gerne mitgeben würde, damit Sie Ihren Artikel ein wenig abrunden können. Zum Beispiel ...«

Drake resignierte und ließ sich eine Menge bedruckten Papiers aufladen. Leidlich zehn Minuten später stand er wieder auf der Straße und kippte die ganze Fuhre in den nächsten Container.

VI.

Andrina kletterte zum werweißwievielten Mal aus der Dusche. Ihr fror entsetzlich, ihre blonden Haare klebten schwer und naß am Rücken. Säuerlich registrierte sie die geifernden Blicke der Techniker, die sich an den neuralgischen Punkten ihres nackten Körpers festsaugten. Angewidert nahm sie das bereitgestellte Mango-Lassi und ließ sich auf einen Klappstuhl fallen. Wie beiläufig legte ihr die Visagistin eine Decke um die Schultern. Der Produzent schenkte ihr ein Lächeln: »Du warst großartig, meine Teuerste.«

»Halt deine gottverdammte Klappe. Das war mindestens das zehnte Take. Wie lange willst du mich für diese Scheiße noch drangsalieren?«

»Gar nicht mehr, es war perfekt, einfach perfekt. Höchstens noch eine einzige Einstellung. Weißt du, wenn du der Kamera den Rücken zudrehst, dann sollte dein Haar so richtig locker-flauschig fliegen, weißt du. Und …«

»Verdammt, das ist keine Shampoo-Werbung. Hast du schon mal von nassen Haaren gehört, die richtig locker-flauschig fliegen? Nein? Also vergiß es!«

Der Produzent gab klein bei: »Okay, alle mal herhören. Wir sind fertig. Ihr könnt abbauen.«

Andrina ging in das kleine Kämmerchen, das als Garderobe diente, und legte nach mehreren Stunden endlich wieder Klamotten an. Sie sprang in ihre Jeans, zog das weiße T-Shirt mit dem Donald-Duck-Konterfei über, schlüpfte in die abgetragene schwarze Lederjacke und begann, nachdem sie in die Desert Boots geklettert war, ihre Haare zu föhnen. Letztlich dauerte der ganze Dreh doch weniger lang, als sie zuvor noch befürchtet hatte.

Drake, so dachte sie dann, verzettelte sich damit, irgendwelchen Finsterlingen hinterherzulaufen. Von denen kam zweifelsfrei jeder als Täter in Frage, doch würde wohl kaum einer bloß durch Drakes

Fragerei in Tränen ausbrechen und gestehen. Man mußte die Sache also anders angehen. Aber wie?

Nach dem vierten Läuten hörte Andrina endlich langsames Schlurfen durch die Tür. Unsicher linste die Hausbesorgerin wenige Augenblicke später aus ihrer Wohnung und steckte ihre Nase in den Flur: »Was wollen Sie«, sagte sie barsch. Andrina setzte ihr unschuldiges Lächeln auf: »Ich komme im Auftrag von Oberst Milus, dem Polizeipräsidenten. Ich weiß, daß unsere Beamten Ihre kostbare Zeit schon über Gebühr in Anspruch genommen haben, aber könnten Sie dennoch die Güte haben, mir noch ein, zwei klitzekleine Fragen zu beantworten?«

Der Hausdrachen legte den Kopf schief. Sie schien unsicher. »Für gewöhnlich sind Hausbesorgerinnen das Um und Auf eines ganzen Hauses. Nur sie wissen wirklich Bescheid«, fuhr Andrina unverdrossen fort, »nur meine männlichen Kollegen übersehen das meist. Sie wissen ja, Männer haben in dieser Hinsicht keine Ahnung.«

»Na, kommen Sie erst mal herein.«

Bitte, dachte Andrina, die Schmeicheltour funktioniert doch immer wieder. Andrina nahm den angebotenen Kaffee dankend an, eine Entscheidung, die sie nur allzu schnell bereute, aber, so wußte sie, man mußte gute Miene machen, um die Concierge nicht vorschnell zu vergrämen. Tapfer würgte sie das geschmacklose Gebräu hinunter. Die Hausmeisterin fingerte eine filterlose Gitanes aus einem zerknautschen Packerl und steckte sie sich an. Sie blies Andrina den Rauch in die Augen: »Also, Schätzchen, was willst du wissen?«

»Diese beiden Sanitäter, hatten die einen, nun, sagen wir, ausländischen Akzent?«

»Akzent? Hmm, könnt' ich eigentlich nicht sagen. Aber sie haben ja auch kaum mehr als zwei, drei Worte gesprochen.«

»Und wie sahen sie genau aus?«

»Das habe ich zwar Ihren Kollegen auch schon gesagt, aber bitte. Der ältere war graumeliert, etwa Mitte 40, würd' ich sagen, hatte einen schwarzen Vollbart mit weißgrauen Einsprengseln. Der andere war höchstens Mitte 20, pechschwarzes Haar, dunkle Augen und einen schwarzen Schnurr- und Kinnbart.«

»Das heißt, sie könnten durchaus, sagen wir, Jugoslawen gewesen sein?«

»Meine Güte, was weiß denn ich. Bei mir gehen so viele Leute aus und ein, da kann man sich doch wohl kaum merken, woher einer kommt, oder nicht?«

»Haben Sie den Rettungswagen gesehen?«

»Ja, natürlich.«

»Und, ist Ihnen da etwas aufgefallen?«

»Jetzt, wo Sie es sagen, ja. Er hat gar kein Zeichen drauf gehabt. ... Sie wissen schon, normalerweise erkennt man gleich, von wo das Auto kommt, Rotes Kreuz, Malteser, Samariter oder so. Aber auf dem Wagen stand einfach nur Rettung. Und sonst nichts.«

Andrina riskierte eine Augenbraue: »Und haben Sie das den Kollegen auch gesagt?«

»Ehrlich gestanden nicht. Aber die haben auch gar nicht danach gefragt. ... Hab ich einen Fehler gemacht? Etwas unterschlagen?« Die Hausmeisterin legte ihre Stirn in Furchen: »Ich hab doch nicht Beweismittel unterdrückt oder so?«

»Nein, nein«, lächelte Andrina, »im Gegenteil. Sie haben uns sehr geholfen. Er sah also eigentlich wie ein ganz normaler Lieferwagen aus?«

»Ja, aber eher älteren Datums. Weil er hatte noch eine alte Nummerntafel. Sie wissen schon, so wie sie vor der Umstellung vor sieben, acht Jahren waren.«

»An die Automarke können Sie sich nicht zufällig erinnern?«

»Nein, aber ich weiß, daß der Wagen weiß war.«

»Ich danke Ihnen, Sie waren mir eine große Hilfe.«

Andrina trank den Rest des grauslichen Gesöffs, stand auf, schüttelte der Frau die Hand und ging zur Tür.

»Gibt's denn überhaupt nichts Neues, was man weitererz...«

Die Hausbesorgerin verstummte und starrte unverwandt zu Andrina. Diese lächelte: »Wenn wir was wissen, dann erfahren Sie es als erste. Versprochen. Schönen Tag noch.«

Andrinas nächster Weg führte sie ins Verkehrsamt. Von früher kannte sie dort einen Beamten, der sie einmal wegen Falschparkens abstrafen wollte. Andrina war es damals gelungen, den Mann von seinem Tun abzubringen, und mit der Zeit entwickelte sich der Polizist zu einem willfährigen Helfer, der immer wieder mal für einen Hinweis gut war. »Hallo, Roman«, strahlte sie ihn an, als sie das Bürozimmer betrat. Instinktiv setzte sich Roman auf und fuhr sich mit der Hand durch die Haare. »Ha-hallo, Andrina. Was verschafft mir die Ehre?« Andrina strahlte wortlos weiter. »Du brauchst schon wieder etwas.« Unverändertes Strahlen. »Na, sag schon, um was gehts?«

»Du bist ein Schatz«, sagte Andrina und küßte den Beamten ansatzweise an die Stirn. Dann ließ sie sich auf den Sessel neben Romans PC fallen.

»Ich brauche alle Besitzer von weißen Kleinbussen, mutmaßlich VW, die einen jugoslawischen Namen haben.«

Roman stöhnte: »Das sind sicherlich tausende. Bist du dir sicher, daß du dir das antun willst?«

»Geht wohl nicht anders.«

Roman leistete noch eine Weile hinhaltenden Widerstand, dann wendete er sich seufzend dem Keyboard zu und betätigte die nötigen Tasten. Der Blechkasten begann zu rattern.

Zehn Minuten später wies der Computer 1.017 gefundene Namen aus, deren Träger entweder die jugoslawische Staatsbürgerschaft besaßen oder sie einmal besessen hatten.

»Du kannst alle streichen, deren Kennzeichen nach der Umstellung vergeben wurden«, meinte Andrina, einigermaßen entmutigt von der enormen Anzahl.

Nach drei weiteren Minuten blieben 470 Personen übrig.

»Okay«, sagte Andrina resignierend, »kannst du mir die alle ausdrucken?«

»Hast du keine weiteren Anhaltspunkte. Adresse? Alter? Beruf?«

»Moment«, Andrinas Gesicht hellte sich wieder ein wenig auf, »wir können alle streichen, die jünger als 20 und älter als 50 sind. Und wir können die Altersgruppe der 30- bis 40Jährigen ausklammern.«

Erwartungsgemäß reduzierte sich die Gesamtzahl nach dem Storno der Jahrgänge unter 20 nur um 11 Personen. Weitere 44 Fahrzeughalter waren über 50.

»Immer noch 415«, Andrina atmete laut durch, »jetzt streich die 30er bis 40er. Davon erwarte ich mir am meisten.«

»Bingo«, Roman schnalzte mit der Zunge, »das eliminiert weitere 202 Leute. Dir bleiben jetzt nur noch 89 unter 30 und 124 zwischen 40 und 50.«

»Gut, dann sehen wir uns jetzt an, wer aller sein Gefährt als Firmenauto verwendet. Es ist kaum anzunehmen, daß man seinen Kleinbus für eine solche Aktion komplett übermalt, wenn man eigentlich als Brötchen-Dragan unterwegs ist.«

Und wieder begann der Bildschirm zu flimmern.

»Also, deine Idee war nicht schlecht. 108 Wagen sind dezidiert als Firmenwagen registriert. Allerdings muß das nicht bedeuten, daß sie auch eine entsprechende Aufschrift aufweisen. So etwas kann der Blechtrottel natürlich nicht eruieren.«

»Das muß ich riskieren. Bleiben vorerst 105. Und die sehe ich mir mal näher an. Kannst du mir die alle ausdrucken?«

Roman verdrehte die Augen und betätigte die entsprechende Taste. Einige Zeit später spuckte der Drucker die gewünschte Information aus. Andrina setzte sich an Romans Schreibtisch und ließ ihren Blick über die Zeilen wandern. Dann griff sie zum Telefonhörer.

»Andrina, was machst du da? Das ist eine Amtslei…«

Andrina tippte eine Zahlkombination ein und wartete: »Hallo, hier Verkehrsamt. Wir haben einen Akt, wonach Ihr Wagen vorgestern in der ... Wie? Ihr Auto ist seit voriger Woche verschrottet? Merkwürdig, muß sich wohl um einen Irrtum ... Wie? Tja, auch uns unterlaufen ab und zu Fehler. Entschuldigen Sie bitte die Störung.«

Romans Gesicht war kreidebleich: »Bist du dir dessen bewußt, daß du hier Amtsmißbrauch betreibst?«

»Ja.« Andrinas Antwort trug nicht wirklich zu Romans Wohlbefinden bei: »Du hast doch nicht allen Ernstes vor, jetzt noch 104 solcher Anrufe zu tätigen?«

»Wenn's sein muß.«

»Nein, ich bitte dich, tu mir das nicht an. Ich riskiere Kopf und Kragen dabei, ich ...«

»Wenn's dich beruhigt, kann ich vorher Pius anrufen und formell nachfragen. Ich denke, es kann dir Schlimmeres passieren, als eine Belobigung des Präsidenten zu erhalten, oder?«

Roman geriet ins Wanken: »Du meinst Milus?«

»Eben den.«

Der Verkehrspolizist kapitulierte. Und Andrina führte Gespräch um Gespräch. Langweilig und frustrierend. Zunächst war Andrina noch optimistisch gewesen. Jeder Autobesitzer, den sie abhaken konnte, schien sie näher zum Ziel zu bringen. Aber nach etwa 60 Telefonaten stellte sie sich die Frage, ob ihre These, der Entführer würde sich, durch ihren Anruf nervös geworden, verraten, tatsächlich umsetzbar war. Wer weiß, ob der Wagen tatsächlich als »weiß« registriert war? Vielleicht hatten ihn die Täter extra umlackiert? Die Hausmeisterin wußte ja nicht einmal, ob das Auto überhaupt ein örtliches Kennzeichen trug. Es konnte auch sein, daß, wer immer Slovac entführt hatte, auch den dazu nötigen Wagen stahl. Irgendwo, vielleicht sogar jenseits der Grenze. Dann würde sich diese Spur als kälter als der Nordpol erweisen, und sie, Andrina, tippte sich hier umsonst die Finger wund.

»Scheiße«, fluchte sie denn auch, »das wird nie etwas.«

»Ha, ha!« brüllte Roman plötzlich ihr gegenüber auf.

»Ja, lach dir nur einen ab, sadistischer Sack!«

»Nein, Holdeste, ich freue mich für dich. Ich denke, das hier wird dir eine Menge Pein ersparen.«

Andrina blickte ihn fragend an, während er einen Verkehrsbericht ausdruckte. Er nahm das Blatt aus dem Drucker und reichte es Andrina über den Tisch.

»Ein Verkehrsbericht von einer unserer Streifen vom fraglichen Datum. Ein Rettungswagen, der, ohne das Blaulicht eingeschalten zu haben, die erlaubte Geschwindigkeit überschritten hat. Spaßig, nicht?«

»Wie hast du denn das plötzlich hergezaubert?«

»Nun, ich dachte, auf deine Tour kommst du nie zu einem Ergebnis, und da habe ich mir überlegt, welche Möglichkeiten es sonst noch gibt. Gut, ich gebe zu, die Wahrscheinlichkeit, daß ich etwas finde, war objektiv gleich null, denn normalerweise ignorieren unsere Leute Verstöße von Rettung und Feuerwehr prinzipiell. Du weißt schon, eine Krähe hackt der anderen kein Auge aus, aber diesmal war anscheinend ein ganz Eifriger am Werk, wahrscheinlich frisch von der Akademie, der sich noch daran erinnerte, daß für einen Rettungswagen, der nicht auf Einsatz fährt, die gleichen Richtlinien der Straßenverkehrsordnung gelten wie für jeden Normalsterblichen. Und daher hat er diesen Bericht – in dreifacher Ausfertigung, versteht sich – verfaßt. Interessant ist die vorletzte Zeile des zweiten Absatzes.«

»Das behördliche Kennzeichen, wow.«

»Richtig, und ich habe mir erlaubt, diese Nummer in meinen Kasten hier einzugeben. Und sieh her, was Super-Mario dazu ausspuckt.« Roman drehte den Bildschirm seines PCs in Richtung Andrina. Registriert war der Kleinbus auf den 24jährigen Studenten Božidar Jovanović, der in einem Viertel am Stadtrand gemeldet war.

»Bingo«, rief Andrina, »dafür liebe ich dich. Komm, laß dich küssen.« Roman zuckte unwillkürlich zusammen: »Tu's besser nicht, das wäre wohl mehr der Gunstbezeugung, als ich vertragen kann. Ich bin auch nur ein Mann. Aber«, sagte er dann, »du kannst mir ja einen Satz deiner neuesten Fotos überlassen.«

»Damit du was zum Träumen hast?«

»Zum Beispiel.«

»Alter Schlingel.«

»Sowieso.«

Wenige Minuten später jaulte die Corvette wieder durch die Straßen der Stadt. Andrina fingerte mit ihrer rechten nach ihren Unterlagen, während sie ihr Geschoß mit der linken Hand steuerte. Die Straße, in welcher der Student gemeldet war, befand sich in einer Industriegegend, wo sie kaum Privatwohnungen vermutet hätte. Aber sie wußte um die allgemeine Wohnungsnot, wußte um die mehr als fragwürdigen Methoden, mit denen finstere Immobilienhaie arglosen Bürgern die absurdesten Objekte aufschwatzten und ihnen dabei noch massig Geld aus der Tasche zogen. Eine Usance, die anscheinend von allen gottergeben hingenommen wurde, wobei der Umstand, daß sich die Politik hier nicht endlich einmal engagierte, kein gutes Licht auf den Kanzler und seine Partei warf. Auch der Bürgermeister, ein Lehrersohn aus der Provinz, hatte offensichtlich vor den Hausbesitzern kapituliert. Aber für derartige Überlegungen hatte Andrina keine Zeit. Sie linste mit einem Auge auf die Straßenschilder, mit dem anderen in den Stadtplan, um die gesuchte Gasse endlich zu finden.

Die Corvette schlitterte nach rechts, driftete gleich darauf nach links, und schon befand sich Andrina vor der angegebenen Adresse. Ein ziemlich verfallenes Fabrikgebäude moderte vor sich hin. Der einst rote Backstein war dreckigschwarz, die meisten Fensterscheiben waren zerbrochen oder fehlten gänzlich. Um noch einmal auf Nummer sicher zu gehen, warf Andrina einen weiteren Blick auf den Computerausdruck, dann kletterte sie aus der Corvette und ging auf das Haus zu. Die Tür ließ sich augenscheinlich nur unter massiver Gewaltanwendung wirklich schließen, weshalb sie weit offen stand. Der erste Gebäudekomplex war wohl vor einigen Ewigkeiten als Empfangs- und Repräsentationsräumlichkeit genutzt worden. Nun aber stand er leer und wirkte wie ein Lustschloß nach einem Neutronenbombenangriff. Andrina durchquerte den Bau und stand auf einer kleinen Rasenfläche. Rund um dieses Plätzchen standen weitere Fabrikgebäude gruppiert. Der Trakt, der sich Andrinas Position genau gegenüber befand, schien einst die Büros beherbergt zu haben. Er eignete sich also, so dachte Andrina, am ehesten zu einer Vermietung. In der Tat war das Haupttor des Blocks verschlossen und mit einer Sprechanlage versehen. Andrina ließ ihren Blick über die sechs Namen schweifen, die hier angeschrieben waren. »Kuraz«, stand in krakeligen Buchstaben über einem Schildchen, auf dem eigentlich die Bezeichnung »Hausbesorger« zu lesen war, danach folgten authentischere Namen, wobei Andrina bei »Prvoslav Munjaković/Božidar Jovanović« merklich aufatmete. Hier war sie richtig.

Sie betätigte den Klingelknopf. »Da«, hörte sie verzerrt durch die Sprechanlage.

»Mein Name ist Drache. Ich komme von der Versicherung wegen eines weißen Kleinbusses, der auf den Namen Jovanović gemeldet ist.«

Schweigen am anderen Ende.

»Hallo?«

Wortlos wurde der Öffner betätigt. Andrina trat ein. Dieser Gang hatte fraglos schon entschieden bessere Zeiten gesehen. Welke Salatblätter lagen ebenso herum wie alte Zeitungen, leere Bierdosen und eine unüberschaubare Menge an ausgetretenen Glimmstengeln. Andrina wartete darauf, von irgendwelchen Ratten attackiert zu werden, doch vorerst schienen sich diese zurückzuhalten. Andrina machte sich daher auf die Suche nach Nummer 6. Am Absatz zum zweiten Stockwerk stand ein grinsender Mitvierziger mit Dreitagebart und schmutzigem Ruderleibchen. Er trug eine graue Stoffhose mit Hosenträgern, die jedoch lose herunterbaumelten. Gleich oberhalb seines massiven Kinns blitzte ein Goldzahn auf. Das Haupthaar war schütter und von unverkennbaren grauen Strähnen durchzogen. Der Mann schleppte einiges an Übergewicht mit sich herum, und mit seinen Fäusten ließ man sich wohl besser nicht ein, dachte Andrina. »Jezu Krist«, entfuhr es der groben Kehle des Mannes, »eine solche Frau habe ich zuletzt in der Peep-Show gesehen. Und ich war lange nicht mehr in der Peep-Show.« Andrina lächelte gequält. Das war genau die Art Anmache, deretwegen sie einst Karate gelernt hatte. »Was kann ich schöner Frau tun?« fragte der Ungehobelte und grinste noch breiter.

»Ich nehme nicht an, daß Sie Herr Jovanović sind?«

»Ich bin Munjaković Prvoslav, guter Freund von Božidar. Wir teilen alles. Wohnung, Auto, Frau.« Andrina schauerte es unwillkürlich, der Geifer schien dem alten Lüstling schon förmlich vom Kinn zu tropfen. Die rechte Hand hatte der Mann mittlerweile in der Hosentasche verstaut, und Andrina war sich sicher, daß er sie nicht aus Gründen der Bequemlichkeit dort postierte.

»Wo finde ich Herrn Jovanović«, ließ sich Andrina nicht aus dem Konzept bringen.

»Um diese Zeit«, in der Tat fing Munjaković nun völlig ungeniert an zu masturbieren, »in Kneipe Lepa Brena, gleich bei großem Bahnhof. Er dort spielt Billard. Ich spiele auch Billard. Hier. Habe großen Queue. Ganz großen.«

»Davon bin ich überzeugt. Welchen Bahnhof meinen Sie? Den nach Süden oder den nach Westen?«

»Westen, den nach Westen. Aber keine Eile, Božidar noch lange spielt Billard dort. Wollen Sie mir nicht Gesellschaft leisten?«

»Ein andermal vielleicht. Haben Sie vielen Dank für Ihre Auskunft. Auf Wiedersehen.«

Andrina wandte sich flott zum Gehen und nahm mehrere Stufen auf einmal. Hinter sich hörte sie das Mittelalter stöhnen. Wortfetzen wie »Pička«, die sie entsprechend zu deuten wußte, drangen an ihr Ohr. Sie ließ den kleinen Vorplatz hinter sich, durchquerte das verwaiste Empfangsgebäude und stand vor ihrem Auto. Sie sprang in die Corvette, stieß zurück, legte einen makellosen U-Turn hin und raste zurück in Richtung Stadtzentrum.

Sie parkte ihren Wagen in der großen Bahnhofsgarage und erkundigte sich am Informationsschalter nach einem Lokal namens »Lepa Brena«. In der Tat befand sich dieses keine hundert Meter von den Bahnsteigen entfernt.

»Pogledaj mi u oči«, plärrte es aus den Lautsprechern, als Andrina die dunkle Höhle betrat, die nach einer jugoslawischen Schlagersängerin benannt war. Um diese Zeit hingen nur einige Jugendliche an der Theke herum. Im Hinterzimmer hörte man das Klacken von Billardkugeln. Ein weißhaariger Wirt wienerte gelangweilt an einem Bierglas und würdigte die blonde Schönheit keines Blickes, während die ihm gegenüber sitzenden Halbstarken wie aus einer Kehle einen anerkennenden Pfiff in den Raum schickten.

»Ich suche Božidar Jovanović«, wandte sich Andrina an den Schankmeister. Wortlos deutete der in Richtung des hinteren Raumes. Dieser war nahezu völlig leer. Neben dem einzigen Billard-Tisch standen zwei Personen, die einer dritten bei ihrem Stoß zusahen. Die Kiebitze schätzte Andrina auf Anfang 20, vielleicht noch jünger, der dritte war hingegen schon jenseits der 30. Božidar mußte demnach Zuschauer sein. Der dritte Mann traf nicht und richtete seinen Oberkörper auf. »Ti, Pero«, hörte Andrina, und einer der beiden Jüngeren setzte sich in Bewegung. Jovanović mußte also Zuschauer Nr. 2 sein. Er hatte glattes, pechschwarzes Haar, einen Kinnbart, der mit dem Schnurrbart ein makelloses Ensemble bildete, und nicht minder dunkle Augen. Überdies war Jovanović ganz in schwarz gekleidet. Ein kleiner Django also, dachte Andrina und trat an den Tisch heran. Pero schlitzte gedankenverloren den Filz auf, als er, völlig aus der Fassung gebracht durch Donald Ducks Matrosenmützchen, den Queue einfach quer über den Tisch rattern ließ.

»Mund zu, Pero, es zieht«, meinte der Schwarze belustigt. Doch auch er konnte sich ein nachhaltiges Studium von Andrinas Anatomie nicht verkneifen.

»Guten Tag zusammen, ich heiße Henrietta Drache und suche Herrn Jovanović«, ließ sich Andrina vernehmen. Drake hielt wenigstens als Pseudonym her, dachte sie bei sich.

»Und was wollen Sie von Jovanović«, meldete sich der, der Jovanović sein mußte.

»Och, ich bin von einer Versicherung, es geht um einen weißen Lieferwagen, der auf diesen Namen zugelassen ist«, streute Andrina wie beiläufig hin.

Der Schwarze stützte sich auf seinen Queue auf: »Kann sein, daß ich weiß, wo Sie Božidar finden. Aber ich frage mich, wie Sie mich zum Reden bringen könnten, schöne Lady.« Dabei versuchte er, süffisant zu grinsen.

»Nun«, Andrina fuhr sich mit der rechten Hand an ihren Hals und ließ die blonde Mähne durch die Luft sausen, »ich könnte gegen Sie im Billard antreten. Wenn ich gewinne, dann singen Sie mir ein Lied.«

Der Schwarze wandte sich zu seinen Freunden um und lachte glucksend: »Okay, Lady, und wenn ich gewinne, dann fällt mir schon etwas ein, womit wir meinen Sieg standesgemäß feiern.«

»Glaub' mir, dazu kommt's nicht.« Einen Moment dachte der Schwarze über Andrinas Worte nach, und das breite Lächeln verschwand aus seinem Gesicht. Die Kleine hatte ihn ernsthaft herausgefordert. Seine Ehre gebot es ihm nun, ihr eine Lektion zu erteilen.

Pero bemühte sich um Schadensbegrenzung und klebte den Filz mit Schnellkleber wieder auf den Tisch, sodaß bei oberflächlicher Betrachtung nichts mehr von seinem Malheur zu sehen war. Der Alte drückte Andrina seinen Queue in die Hand, während der Schwarze die Bälle auflegte: »Carambol, Dreierbande, wer zuerst 50 Punkte hat, hat gewonnen.« Andrina nickte nur.

Der Schwarze wollte den Kavalier geben und Andrina den Vortritt lassen, doch sie lehnte ab, denn bei diesem Spiel war der erste Stoß nicht unbedingt ein Vorteil. Und in der Tat holte der Schwarze auch keinen Punkt. Andrina hingegen machte gleich mit der ersten Aufnahme ein halbes Dutzend Punkte, was selbst die beiden Kiebitze mit einem anerkennenden Nicken zur Kenntnis nahmen. Und der Schwarze kam ins Schwitzen. Abermals versagten die Spielkünste des Dunkelhaarigen. Andrina beugte sich über den Tisch, visierte ihr Ziel kurz an und schickte den Spielball auf die Reise. Er tuschierte erst die nächstliegende Bande, prallte dann im rechten Winkel auf die Schmalseite, kehrte zurück zu seiner Ausgangsbande, um sodann in mathematischer Präzision die beiden anderen Bälle zu treffen. Die neue Ausgangslage schien jedoch schwierig. Andrina richtete sich auf, setzte den Queue auf den Boden und griff zur Kreide. Eine Weile wirkte sie abwesend, als sie an der Spitze ihres Stoßgerätes herumwienerte, doch wenige Augenblicke später punktete sie abermals. Und abermals. Das Lächeln war dem Schwarzen vollkommen vergangen.

»Okay, Lady, ich bin Jovanović, was willst du von mir«, versuchte er sich aus der drohenden Niederlage zu winden. Andrina legte den Queue beiseite, und für einen Augenblick lag ein spöttischer Zug auf ihren Lippen. »Das wußte ich ohnehin. Nur fand ich's netter, sich ein wenig darum zu balgen.«

»Also, zur Sache, was ist mit meinem Wagen?«

»Kann es sein, daß dieses Auto vor gar nicht allzu langer Zeit, nun, sagen wir, ein wenig fremdgegangen ist?«

»Was meinst du damit, Lady?«

»Was ist, wenn ich sage, dein Vehikel hat den Erlöser in sich entdeckt?«

»Drück' dich klarer aus, Lady. Ich bin hier nicht beim Ratespiel.«

»Es hat den Anschein, als wäre er als Retter unterwegs gewesen.«

Jovanović machte eine kurze Kopfbewegung, die Pero und den Alten aus dem Raum schickte. Andrina erkannte in den Augen ihres Gegenübers ein ungutes Flackern. Sie war fraglos auf dem richtigen Weg, und Jovanović begann abermals, nervös zu werden. Diesmal allerdings aus anderen Gründen.

»Willst du mich verscheißern, oder was?«

»Komm mir nicht auf die harte Tour, Baby, das zieht bei mir nicht«, mimte jetzt auch Andrina die Toughe, »hast du deinen Wagen in letzter Zeit hergeborgt, oder steckst du selbst hinter der Aktion?«

»Hinter welcher Aktion, zum Teufel?«

»Slovac. Mladen Slovac.«

»Wer soll das sein? Ich hab keine Ahnung, wovon du sprichst, aber ich muß feststellen, schön langsam geht mir dein Gesülze ziemlich auf den Wecker. Also, es ist besser, wenn du dich jetzt vertschüßt, denn ich vergreife mich ungern an kleinen Mädchen.«

Andrina, die wie nebenbei den Queue wieder an sich genommen hatte, blieb am Ball: »Die Sache ist ganz einfach. Wenn du dein Auto hergeborgt haben solltest, dann würde ich mir an deiner Stelle überlegen, was für Freunde ich da habe. Wenn du allerdings selbst die Entführung von Slovac in die Tat umgesetzt hast, dann wäre es wohl kein Fehler, dir zu überlegen, wie du dich aus dieser Scheiße herauswindest. Denn eines kann ich dir sagen, wenn du da mit drinhängst, dann wird's sehr schnell sehr eng für dich werden.«

Jovanović schien einen Augenblick zu überlegen, dann grinste er breit.

»Irgendwie hast du ziemlichen Humor für deine verlorene Lage, Lady.«

Andrina legte den Kopf leicht schief und sah ihr Gegenüber fragend an.

»Du kommst hierher in die Höhle des Löwen, wie man so schön sagt, und riskierst die ganz große Lippe. Ich frage mich nur, was die Polizei dazu sagen wird, wenn man plötzlich eine aufgedunsene Leiche aus dem Fluß fischt, mit einem netten Abschiedsbrief in der Tasche.«

»Du glaubst doch nicht im Ernst, daß ich hierherkam, ohne mich rückzuversichern. Meine Partner wissen genau, wo ich bin und mit wem ich mich treffe. Würde ich wirklich das Zeitliche segnen, wärst du schon Minuten später hopsgenommen. Und auf Mord steht ein wenig mehr Knast als auf Entführung.«

Jovanović wurde offensichtlich ernsthaft wütend: »Du kleines Biest wirst mir nicht in meine Geschäfte pfuschen.« Blitzschnell zog er ein Klappmesser aus seiner Gesäßtasche und fuchtelte damit vor Andrinas Gesicht herum: »Jetzt bekommst du wahnsinnige Angst, was? Hängst wohl an deinem unnötigen Leben.«

Andrina ließ den Queue, auf den sie sich eben noch gestützt hatte, mit einer flotten Bewegung nach vorne sausen, und der Holzstock traf Jovanović genau zwischen die Beine. Er ließ das Messer fallen und sank mit einem markerschütternden Schrei auf die Knie. Andrina setzte nach, verpaßte ihm mit der Stiefelspitze einen Kinnhaken. Jovanović flog nach hinten und kam auf dem Rücken zu liegen. Mit blitzschneller Behendigkeit saß Andrina rittlings auf ihm und drückte ihm mit dem Queue die Gurgel ab.

»Los, du Tölpel, spuck aus, was ich wissen will, oder ich garantiere dir, daß dir sehr schnell die Luft ausgeht.«

»Da bin ich aber ganz anderer Ansicht.« Pero unterstrich seine Worte, indem er am Revolver, den er Andrina an die Schläfe hielt, demonstrativ den Hahn spannte. Andrina starrte in das schmierig grinsende Gesicht von Jovanović, der trotz seiner unangenehmen Lage kapiert hatte, daß er wieder Oberwasser bekam, und suchte verzweifelt nach einem Ausweg.

»Ich würde sagen, du läßt jetzt erst einmal den blöden Schläger aus, und dann stehst du ganz langsam auf. Ganz langsam, hörst du, ich habe nämlich einen verdammt nervösen Finger. Der zuckt so leicht, und es wäre doch schade, wenn dein makelloser Körper plötzlich ein ganz und gar unschönes Loch aufwiese, nicht wahr?«

Andrina überlegte, ob sie es riskieren sollte, Pero durch eine Überraschungsaktion den Revolver aus der Hand zu schlagen, doch die Chancen, damit Erfolg zu haben, schienen beängstigend gering. Und sollte sie Peros Hand verfehlen, wenn sie nach hinten ausschlug, dann war sie ziemlich sicher eine ziemlich tote Leiche. Und als solche wollte sie Linda nicht unter die Augen treten, denn die wäre wohl einigermaßen wütend. Kapitulation schien also angebracht. Mehr war im Augenblick nicht zu wollen.

»Okay, okay, ihr habt gewonnen. Aber nur, weil ihr unfair gespielt habt«, meinte Andrina und ließ den Queue los. Langsam erhob sie sich und trat einige Schritte zurück, sodaß sich Jovanović aufrichten konnte. Der klopfte sich seine Angst aus den Gewändern und nickte Pero dankbar zu. Dann baute er sich wenige Zentimeter vor Andrina auf. Ansatzlos krachte seine Rechte in ihren Unterleib. Andrina krümmte sich zusammen und begann zu torkeln. Ihre Gebärmutter hatte wohl eben einiges abgekriegt. Mit einem kräftigen Tritt riß Jovanović Andrina endgültig von den Beinen. Es gelang ihr zwar noch, die ärgsten Folgen dieses Falls abzufedern, aber auch das konnte nichts an dem Umstand ändern, daß nun sie es war, die am Boden lag. Und Pero fuchtelte immer noch mit dem Revolver vor ihr herum.

»Was machen wir jetzt mit ihr, Božić«, fragte Pero, »ficken wir sie ein wenig durch? Das schüchtert sie sicher mächtig ein.«

»Wann hörst du endlich auf, mit dem Schwanz zu denken, und beginnst, dein Hirn zu verwenden«, fauchte ihn Božidar an, und Pero zuckte gekränkt zurück. »Aber ein wenig Vögeln kann doch nicht schaden«, murmelte er.

»Was verstehst du schon davon«, entgegnete Božidar und nahm ihm wie nebenbei den Revolver ab. Er ging in die Knie und hielt die Waffe Andrina ans Kinn. »Gut, Lady, du wolltest dich unterhalten. Bitte, das können wir tun. Aber nach meinen Spielregeln, wenn's recht ist.«

Andrina blieb wenig mehr übrig, als Jovanović einen giftigen Blick zu schicken. »Also, wer hat dich geschickt, was weißt du über diese Sache mit diesem Slovac?«

Andrina schwieg wütend, Jovanović drückte ihr den Stahl noch fester unters Kinn. »Rede«, fauchte er.

»Tu nicht so ahnungslos«, entgegnete Andrina, »allein schon euer Verhalten beweist mir, daß ich auf der richtigen Spur bin.«

»Tja, kann sein, Lady, kann sein, schade nur, daß du nicht mehr vollkommene Sicherheit darüber erlangen wirst.«

VII.

Wiewohl Drake instinktiv die Moslemfundamentalisten für die Entführung von Slovac verantwortlich machte, empfand er dennoch Stanimir Delić als die spannendste Figur in diesem Puzzle. Allein schon wie Bondić den Mann geschildert hatte, war beeindruckend gewesen, außerdem haftete Delić das Flair eines Geheimagenten an, und unwillkürlich mußte Drake an James Bond denken, an den dritten Mann und ähnliche einschlägige Filmhelden. Ja, das Zusammentreffen mit dem ehemaligen UDBA-Chef versprach einiges.

Und daher beschloß, Drake, sich den interessantesten Part für den Schluß aufzusparen und zunächst die Moschee aufzusuchen. Er winkte also ein Taxi heran und nannte dem Fahrer die entsprechende Adresse. Er zündete sich eine Camel an und hatte sie eben zu Ende geraucht, als der Wagen vor dem islamischen Zentrum vorfuhr. Drake stieg aus und atmete tief durch. Er betrat das Gebäude und sah sich nach einem Portier um. Doch weit und breit war niemand zu sehen. Er schritt einen dunklen Korridor entlang, ohne auf ein Zeichen zu stoßen, daß irgendjemand anwesend war.

Als Drake schon meinte, völlig allein in diesem Haus zu sein, wurde er von hinten angesprochen. Erschrocken fuhr er herum und blickte in die Augen eines ältlichen Mannes, der in dezentes Schwarz gekleidet war.

»Ich, äh, suche nach einem Herrn Popović«, stotterte Drake.

»Der bin ich«, gab der Schwarze zurück.

Drake bemühte sich um ein Lächeln und leierte abermals seinen Spruch herunter. Diesmal legte er den Schwerpunkt freilich mehr auf die armen Bosnier, die unter den Übergriffen von Serben und Kroaten zu leiden hätten. Mit einer solchen Eröffnung hoffte Drake, den Mullah, Mufti oder wie immer sich dieser Vorbeter da nennen mochte, für sich einzunehmen.

Popović schien einen Augenblick nachzudenken und fixierte sein Gegenüber abschätzend. »Ich glaube nicht«, sagte er dann, »daß ich

Ihnen von besonderem Nutzen sein kann«, Pause, »aber fragen Sie nur, was Sie wissen wollen.«

Drake rasselte den bewährten Fragenkatalog runter und kam sich ziemlich blöde vor. Abermals würde er sich von einer Menge kruden Zeugs langweilen lassen müssen. Sehnsüchtig dachte er an Andrina, die jetzt sicher mehr Spaß hatte als er. Wozu tat er sich das alles überhaupt an. Er suchte hier nach einer Stecknadel in drei, vier Heuhaufen, wobei er nicht einmal wußte, ob sich diese überhaupt in einem dieser Haufen versteckte. Es war ermüdend. Automatisch machte er sich ab und zu Notizen, aber er folgte dem Sermon des Mohammedaners nicht. Ungeduldig wartete er auf den Moment, wo er endlich auf den Busch würde klopfen können.

»Und deshalb«, hörte er den Gottesmann sagen, »sind wir der Auffassung, daß es Allah gefällt, wenn wir Gotteslästerer zerschmettern.«

»Äh«, verlieh Drake seiner Verwirrung Ausdruck, »wie war das eben? Wen wollen Sie, äh, zerschmettern?«

»Nun, Gotteslästerer. Wie die Serben und Kroaten, wie den gottlosen Rushdie, wie überhaupt alle, die unser spotten, egal, welchem kranken Antrieb sie dabei folgen.«

Drake wurde ein wenig ungemütlich zumute. Von allen Fanatikern, die ihm bislang untergekommen waren, schien diese finstere Gestalt eine absolute Bank für die Goldmedaille in Sachen enragierter Wahnsinn zu sein. Vorsicht war also angezeigt: »Das heißt, Sie würden dazu aufrufen, Andersdenkende, nun, zu sanktionieren?«

»Wenn mit diesem Andersdenken ein Angriff auf den Islam verbunden ist, wäre ich dazu sogar verpflichtet. Das lehrt uns der Prophet.«

»Ah ja, und wenn, sagen wir, irgendein Intellektueller Kritik an der bosnischen Staatsführung übt, …«

»Dann müßten wir versuchen, ihn von seinem Irrtum zu überzeugen, vorausgesetzt, die Kritik zielt auf den moslemischen Charakter der bosnischen Regierung. Wenn einer sagt, hier wird nicht genug für die Armen getan, hier herrscht zuviel Eitelkeit, zuviel Weltlichkeit, zuviel Verneigung vor verderbt-westlichen Sitten, dann wäre ihm unser Applaus sicher. Wenn er aber den Koran in Frage stellt, die Scharia, die Stellung der Frau in der islamischen Gesellschaft, dann müssen wir feststellen, ob der Betreffende fehlgeleitet oder aber ob er bösartig ist, um dann danach zu handeln.«

»Haben Sie vom Fall Slovac gehört?« Drake trachtete nun, Nägel mit Köpfen zu machen.

»Ja, ein ziemlich gottloses Geschöpf. Ich bin versucht, zu sagen, es geschieht ihm recht. Aber wenn Sie nun darauf anspielen, daß Moslems da ihre Hände mit im Spiel haben könnten, dann muß ich diesen Verdacht entschieden zurückweisen.«

»Ich wollte nicht …«

»Halten Sie mich nicht für dumm«, schnitt Popović ihm die Rede ab, »Sie waren doch keine Sekunde an meiner Meinung über Bosnien interessiert. Sie wollten mich ein wenig aushorchen, nun, das haben Sie getan. Ich habe Ihnen gesagt, was ich denke, und nun gehen Sie, bitte. Was immer Sie am Fall Slovac, so es denn einen solchen gibt, interessiert, hier werden Sie die Lösung dazu nicht finden.«

Drake räusperte sich. Ihm war unwohl. Er überdachte seine Möglichkeiten. Schien schieres Leugnen sinnvoll? Oder würde sich mehr erreichen lassen, wenn er mit offenen Karten spielte? »Was wissen Sie über die Sache«, hörte Drake sich plötzlich fragen.

Der Geistliche lächelte schmal: »Wir sind hier nicht in Afghanistan oder im Sudan. Wir halten uns an die Gesetze unseres Gastlandes, verstehen Sie? Es ist kein Geheimnis, daß wir von Slovac nichts halten, aber deshalb würden nicht einmal unsere jugendlichen Heißsporne zu solchen Methoden, wie sie hier offensichtlich angewandt wurden, greifen. Slovac ist ebenso alt wie unbelehrbar. Es wäre eine Verschwendung von Zeit und Ressourcen, diesen Narren züchtigen zu wollen. Glauben Sie mir, Ihren Slovac hat jemand anderes aufs Korn genommen.«

Drake wußte nicht warum, aber er glaubte Popović. »So bleibt denn wenig mehr zu sagen, nicht?«

Popović nickte.

Schwerfällig erhob sich Drake, deutete eine Verbeugung an und verließ den Raum. Wieder auf der Straße, atmete er tief durch und zündete sich eine Camel an. Er stand immer noch am Anfang, und je länger er die ganze Sache bedachte, desto unwahrscheinlicher erschien es ihm, daß Delić in diese Affäre verwickelt sein würde. War das alles überhaupt eine innerjugoslawische Angelegenheit? Es war alles schrecklich kompliziert, er blickte nicht mehr durch. Warum gelang es Spade oder Marlowe immer so leicht, Licht in ihre Fälle zu bringen? Er, Drake, stand da wie der sprichwörtliche Ochs vor dem neuen Tor, wälzte eine Theorie nach der anderen und war kaum weiter gekommen als eine asthmatische Ameise mit schweren Einkaufstaschen, wie Captain Blackadder gesagt haben würde. Er fand es in diesem Augenblick direkt beruhigend, daß Andrina nicht da war, denn fraglos hätte sie ihm den Urheber dieses Zitats genannt, noch ehe er sich selbst erklären hätte können. Ob sie wohl Fortschritte erzielt hatte? Darauf, so wußte Drake, würde er nur Antwort bekommen, wenn er sie anrief. Mißmutig stapfte er zur nächsten Telefonzelle, warf die notwendigen Münzen ein und wählte Andrinas Nummer.

Linda hob ab. »Ist Andrina schon da?«

»Nein, und ich hab nicht die leiseste Ahnung, wo sie sich rumtreibt, Opapa. Probier's doch mal im Präsidium.«

Wiewohl sich Drake ob solcher Anrede nicht wirklich geschmeichelt fühlte, beschloß er dennoch, Lindas Rat anzunehmen. Überraschend lang dauerte es, bis bei Milus endlich jemand abhob. Es war nicht Habib, sondern irgendeine fremde Stimme, die unwirsch irgendetwas von »Präsidium« in die Leitung bellte. Beinahe schüchtern erklärte Drake, er wolle Milus sprechen. Schon schien es, als würde er abgeschasselt, ehe sich Milus selbst einschaltete.

»Sorry, Drake, aber hier geht's im Moment ein wenig ungeordnet zu. Fräulein Habib hat unerlaubterweise ihren Posten verlassen, und ohne sie läuft hier leider gar nichts.«

Drake mußte feststellen, daß auch Milus völlig ahnungslos war, das schien aber wenig überraschend, zumal Milus im Augenblick ganz andere Sorgen zu haben schien.

»Wie auch immer, Mr. President«, sagte Drake schließlich, »ich bin die Kroaten und die Muslims durch. Recht frustrierende Angelegenheit bis jetzt. Mir bleibt nur noch dieser Delić, aber ich hege die Befürchtung, diese Spur ist genauso kalt wie die anderen. Ich bin wohl irgendwie auf dem falschen Dampfer, scheint's. Aber anyway, ich probier weiter mein Glück. Bleiben wir in Verbindung?«

Milus nuschelte Zustimmung: »Sobald ich hier wieder Ordnung hergestellt und mir einen Überblick verschafft habe, kann ich Ihnen mehr sagen. Gegenwärtig muß ich Sie leider auf einen späteren Zeitpunkt vertrösten.«

Drake verabschiedete sich und trat wieder ins Freie. Wo also, so fragte er sich, würde er auf Delić stoßen können? Drake drehte sich um und betrat erneut die Telefonzelle. Er nahm den ersten Teil des amtlichen Telefonbuchs zur Hand und begann, dieses beim Buchstaben »D« näher in Augenschein zu nehmen. Erst als er dort ergebnislos suchte, fiel ihm wieder ein, daß Bondić ihn darauf hingewiesen hatte, Delić stünde unter seinem Decknamen im Telefonregister. Drake blätterte also zum Buchstaben »G« weiter, doch war die Zahl derer, die dort unter dem betreffenden Namen verzeichnet waren, entmutigend groß. Immerhin aber, so wußte Drake, wohnte Delić/Groß irgendwo am Stadtrand in einem der beiden Bezirke am Fluß, nach dem die Stadt benannt worden war. Dieser Hinweis schränkte den Kreis der Betroffenen doch merklich ein. Insgesamt kamen nur noch sechs Personen in Frage, wobei Drake die beiden Ferdinands und den Josef für sich einmal eliminierte. Übrig blieb ein Martin, ein Dragan und ein Branko. Würde Delić einen jugoslawischen Vornamen verwenden? Vor allem aber, selbst wenn er den richtigen Mann an den Apparat bekam, was sollte er sagen? »Ähm, sind Sie in Wirklichkeit Herr Delić, der Oberspion?« Oder vielleicht: »Halli, hallo, ich suche da nach einem Jugoslawen, von dem wir annehmen, er sei von einem anderen Jugoslawen entführt worden. Und da dachten wir, nachdem Sie all die anderen Jugoslawen einmal observiert haben, daß Sie uns vielleicht helfen könnten.« Drake fragte sich, ob es nicht sinnvoller wäre, sich über einen Umweg an Delić heranzupirschen. Doch immerhin war die ganze Sache auch eine Frage der Zeit. Entschlossen hob Drake ab und wählte die Nummer des Branko Groß. Dieser hatte sich kaum gemeldet, als Drake den Hörer auch schon wieder auf die Gabel senkte. Der Stimme nach mußte der gute Branko noch zu Titos Zeiten die 100 weit hinter sich gelassen haben. Auch Martin Groß dürfte nicht der gesuchte Delić sein, dachte sich Drake, nachdem eine Frauenstimme am anderen Ende der Leitung gemeint hatte, ihr Sohn sei gerade auf der Uni. Blieb also Dragan Groß. Drake schrieb sich die Adresse ab und trat aus der Telefonzelle. Er winkte einem Taxi. Schließlich konnte man ja beide Fliegen mit einer Klappe erledigen, wie es so schön hieß.

Der Wagen brachte Drake in eine recht vornehme Villengegend. Das Haus, in dem Dragan Groß wohnte, erinnerte an ein Jagdschlößchen, schönbrunnergelb angemalt, mit kitschigem Geweih über der Eingangstür. Dunkel erinnerte sich Drake an ein Foto einer der zahlreichen Tito-Herbergen irgendwo bei Bled, die ähnlich ausgesehen hatte. Echter Realsoz, dachte Drake, als er auf die Auffahrt zuging, um am Zaun die Klingel zu betätigen. Das Läuten war kaum verhallt, als Drake auch schon aufgetan wurde. Verdammt, was soll ich jetzt sagen, schoß es ihm durch den Kopf. Der ältere Mann, der da in der Tür stand, hatte kurzes graues Haar und ein reichlich faltiges Gesicht, und dennoch wirkte er durchaus attraktiv, sein Gegenüber erinnerte Drake an eine Mischung zwischen Willy Brandt und Samuel Beckett. Der Blick des Mannes ruhte gelassen auf Drake, und dieser wußte, er mußte sich nun irgendwie erklären. Er räusperte sich umständlich und wartete einen Augenblick. Doch der Grauhaarige schwieg weiter, seinen Blick unverwandt auf Drake richtend.

»Ähm, Herr Groß wie ich vermute?« Drake war zugegebenermaßen nicht sehr originell. Immerhin aber reagierte der Alte: »So steht es hier geschrieben, nicht wahr?« Dabei deutete er auf das Messingschild an der Eingangstür.

»Ja, aber was irgendwo geschrieben steht, muß nicht unbedingt die Wahrheit sein«, setzte Drake nach. Der Alte verzog keine Miene. »Ich meine«, fuhr Drake fort, »könnte es nicht auch sein, daß Sie eigentlich jemand anderes sind?«

»Und wer, wenn ich bitten darf?«

»Nun, Herr Stanimir Delić vielleicht?«

»Daher weht der Wind«, sagte der Mann ungerührt.

»Ja, daher tut er wehen, der Wind«, unterstrich Drake.

»Nun, einmal angenommen, ich wäre Delić, was führte Sie dann zu mir, Mr. Drake?«

»Ich ... ich habe Ihnen ja noch gar nicht meinen Namen genannt!«

»Tja, wie Sie sich vorstellen können, zählt derlei Wissen zu meinem Beruf, womit ich Ihnen elegant bestätigt hätte, was Sie so dringend zu wissen wünschten.«

»Tja, gut, Herr Delić, um es kurz zu machen, ich bin gekommen, weil ich Ihr Wissen in Anspruch nehmen wollte.«

»Die Slovac-Sache.«

»Äh, ja! Woher wissen ...« Delićs Miene ließ Drake mitten im Satz verstummen, seine Frage wäre töricht gewesen.

»Nun ja, vielleicht wollen Sie ja erst einmal hereinkommen?« Delić trat einen Schritt zurück und ließ Drake ein. Der große Korridor war vollgehängt mit diversen Jagdtrophäen und ähnlich waidmännischem Zierrat. Dem Eingang gegenüber befand sich eine große Glastür, durch die man wohl in das Stiegenhaus gelangte. Links und rechts führten Türen in weitere Zimmer, wobei Drake erkennen konnte, daß es links in eine Bibliothek ging, die prachtvoll bestückt zu sein schien, während die rechte Tür in die Küche führte. Dorthin lenkte Delić nun auch seine Schritte. Drake nahm an einem rustikalen Eßtisch Platz, während Delić begann, an einer Espressomaschine herumzuhantieren: »Mögen Sie Kaffee? Oder bevorzugen Sie als Engländer Tee?«

»Ich nehme, was Ihnen die geringsten Umstände bereitet. Danke.«

»In diesem Fall werde ich Kaffee zustellen, ich kann gerade selbst einen vertragen.«

Drake nutzte Delićs Verrichtungen, um sich in der Küche ein wenig umzusehen. Sofort sprang ihm die gerahmte Fotographie ins Auge, die Delić mit Staatschef Tito in Galauniform zeigte. »Wer sind die anderen beiden Herren auf diesem Foto«, fragte er laut.

»Außenminister Kardelj und der damalige Jugendchef Vlasi, der später von den Serben vor Gericht gezerrt wurde, damals aber als Liebling Titos galt«, sagte Delić, ohne sich umzudrehen, »das Bild ist auch schon über 20 Jahre alt«, fügte er unmotiviert hinzu.

»Wie schätzen Sie die Sache mit Slovac ein?« brachte Drake das Gespräch wieder in Gang, nachdem Delić den Kaffee auf dem Tisch gestellt hatte.

»Hat Milus Sie geschickt, oder kommen Sie aus eigenem Antrieb?«

»Präsident Milus hat mich mit den Nachforschungen beauftragt, ja. Aber er weiß nicht, wo ich überall herumschnüffele. Zumindest nicht im Detail.«

»Was vermuten Sie, Mr. Drake?«

»Ich vermute zurzeit gar nichts. Wir gingen davon aus, daß die ganze Sache eine innerjugoslawischen Angelegenheit ist. Ob aber nun Moslems, Kroaten, Serben oder sonst jemand hinter der Aktion steckt, können wir nach wie vor nicht sagen.«

»Kommen Sie, Mr. Drake, machen Sie mir nichts vor. Auf wen tippen Sie?«

»Ehrlich, ich habe nicht den blassesten Schimmer. Und genau deshalb bin ich ja zu Ihnen gekommen.«

»Und wer sagt Ihnen, daß nicht ich den alten Slovac entführt habe?«

»Dazu hatten Sie jahrelang Zeit. Es wäre unlogisch, wenn Sie gerade jetzt einen solchen Schritt setzen würden.«

»Ja, das wäre es wohl. Aber meine Welt hatte nie sehr viel mit Logik zu tun, müssen Sie wissen. Dennoch kann ich Ihnen versichern, daß ich mit der ganzen Sache nichts zu tun habe.«

»Gut. Aber wer dann?«

»Diese Frage beschäftigt mich auch schon die längste Zeit. Und ob Sie es nun glauben oder nicht, bis jetzt habe ich keine wie auch immer geartete Information zu diesem Thema erhalten können. Und das wiederum veranlaßt mich zu der Annahme, daß keine der relevanten politischen Gruppen für die Sache verantwortlich ist.«

»Was heißt?«

»Daß es eine Gruppierung geben muß, von der wir bisher noch nichts wußten, daß sich irgendwo ein neues Zentrum gebildet hat. Und genau das müssen Sie ausfindig machen.«

»Na fein, und wo sollte ich da Ihrer Meinung nach ansetzen?«

»Nun, Heißsporne gibt es genug in allen Lagern. Aber ich glaube nicht, daß irgendjemand hier von sich aus losschlagen würde. Finden Sie heraus, wer in letzter Zeit aus Zagreb, Belgrad oder Sarajewo eingereist ist.«

»Machen Sie Witze? Das sind sicher tausende!«

»Ja, aber Sie können alle Gastarbeiter und ihre Angehörigen ausscheiden. Konzentrieren sie sich auf Geschäftsreisende, auf Diplomaten, Journalisten oder ähnlich privilegierte Gruppen. Glauben Sie mir, jeder anständige Attentäter reist so.«

»Was halten Sie von Popović?«

»Ganz sicher ein Fanatiker. Aber keiner, der eine solche Aktion starten würde. Der braucht keine Schlagzeilen, der will auf andere Weise seinen Einfluß vermehren.«

»Und Pantelić, dieser kroatische Zahnarzt?«

»Ein hirnloser Schwätzer. Macht sich immer und überall wichtig. Aber ernst genommen wird er nicht einmal von seinen eigenen Leuten. Da gibt's bei den Kroaten schon ganz andere Kaliber. Sie dürfen nicht vergessen, daß viele junge Gastarbeiter 1991 und 1992 nach Jugoslawien gefahren sind, um dort im Krieg mitzukämpfen. Ich kenne dutzende Fälle von Urlaubskriegern. Die arbeiten hier ganz normal in irgendeiner Fabrik, treten dann einen mehrwöchigen Urlaub an, fahren runter in die Krajina oder nach Slawonien, schnappen sich bei Freunden eine Kalaschnikow, metzeln schnell ein paar Zivilisten nieder, und fahren am Ende der Ferien wieder hierher, als wären sie in der Zwischenzeit an irgendeinem Adriastrand in der Sonne gelegen.«

Drake fühlte sich zu einem Nicken bemüßigt.

»In Wirklichkeit haben viele der sogenannten zweiten Generation kaum eigene Erinnerungen an die Heimat ihrer Eltern. Aber gleichzeitig werden sie hierzulande immer noch massiv benachteiligt. Da staut sich ein gewaltiges Aggressionspotential auf. In ihren Pubertätsjahren werden diese Jungens das in diversen Bandenkriegen los, wo sie mit Baseballschlägern und Klappmessern aufeinander losgehen. Nun ja, das ist ja wohl die optimale Vorbereitung für die nächste Eskalationsstufe. Vor allem für jene, die es eben nicht beizeiten geschafft haben, sich irgendwo irgendwie zu integrieren. Da spielen oft klitzekleine Details eine ganz entscheidende Rolle. Zwei latent gewalttätige Brüder handeln mit Crack, vermöbeln Jugendliche einer anderen Bande, stehlen, wo sich eine Gelegenheit ergibt, und schicken vielleicht die kleine Schwester auf den Strich. Der eine von ihnen findet endlich eine Freundin, die schwanger wird. Er heiratet mit mordsmäßigem Trara, wird stolzer Vater und seßhaft. Wenn er einen Job findet und behält, ist er in wenigen Jahren ein vorbildliches Mitglied der Gesellschaft, und niemand wird sich mehr seiner Jugendsünden erinnern. Der andere aber findet keine Frau, zieht in den Krieg und steht dann auf den Fahndungslisten des Haager Tribunals. Hätte die nette Marica, Dragica oder wie auch immer sich in ihn und nicht in seinen Bruder verliebt, wären die Lebensläufe genau umgekehrt verlaufen. Verstehen Sie, was ich meine?«

Drake nickte abermals.

»Und eines können Sie mir glauben. Wer einmal da unten war, wer an den Gefechten teilgenommen hat, an den Übergriffen gegen die Zivilbevölkerung, an den ethnischen Säuberungen, der hat jede

Hemmung vor Gewaltanwendung verloren. Für den fällt ein alter Intellektueller genauso unter Casualties of the War wie eine vergewaltigte Bosnierin oder ein totgeprügelter Opa. Im Gegenteil, für solche Leute stellen Intellektuelle eine noch viel größere Provokation dar, denn in ihren Augen verkörpern die Gebildeten all das, was sie selbst immer sein und haben wollten, aber – aus welchen Gründen auch immer – nie erreichten.«

Drake fragte sich, ob er da jetzt aufs Nicken abonniert war. Aber eine andere Reaktion schien wenig sinnhaft. So unterstrich er die neuerliche Kopfbewegung mit einem leisen »Mhm«.

»Andererseits natürlich«, schränkte Delić nun ein, »verfielen solche Hooligans kaum von selbst auf einen Dichter als Opfer, denn, sprechen wir eine simple Wahrheit offen aus, Hooligans lesen keine Bücher. Die lesen überhaupt nichts, außer vielleicht allfällige Pressemeldungen über ihre jeweils jüngsten Untaten. Und ich halte es durchaus für möglich, daß sie sich diese auch noch vorlesen lassen müssen.«

»Das spricht dann also für irgendwelche Hintermänner«, warf Drake rasch ein.

»Klar, denn solche Gestalten kann jeder kaufen, der genug bietet. Aber Profis würden nie auf derlei Wegelagerer zurückgreifen, glauben Sie mir. Letztlich ist so etwas viel zu unsicher. Die halten nicht dicht. Bei irgendeiner Gelegenheit müssen sie sich dann ihrer Taten brüsten, sie fliegen auf, und relativ rasch singen sie dann wie die Goldkehlchen.«

Delić hielt einen Moment inne, als hätte ihn sein letzter Satz an irgendetwas erinnert. Dann nahm er einen Schluck aus der Kaffeetasse, räusperte sich und setzte fort: »Wenn also unsere Theorie stimmt, daß hier irgendwelche Hintermänner ein paar Schläger engagiert haben, dann wissen wir gleichzeitig, daß diese Hintermänner selbst nicht sehr erfahren in ihrem Metier sind, wofür auch, mit Verlaub, der Umstand spricht, daß ich selbst in dieser Angelegenheit im Dunklen tappe. Und das führt uns zu weiteren Fragen. Erstens, wer hat welches Motiv, Slovac zu entführen oder aber ihn zu beseitigen und die ganze Sache als Entführung zu tarnen? Zweitens, wo sind einschlägige Kriegsveteranen zu finden, und wer kann uns verraten, wer jüngstens Zugang zu solchen suchte? Und schließlich drittens, haben auch die Hintermänner Hintermänner?«

Drake blickte ein wenig verwirrt auf.

»Na ja«, fuhr Delić fort, »nehmen wir einmal an, irgendjemand aus, sagen wir, besseren Kreisen, will Slovac loswerden. Seine Spur soll aber nicht allzu leicht aufzuspüren sein. Also wendet er sich an einen ebenfalls noch durchaus honorigen Mittelsmann, damit dieser die Sache in die Wege leitet. Und erst der ist es dann, der die Hooligans anheuert. Comprende?«

Drake stolperte geistig über das letzte Wort seines Gesprächspartners. Offenbar gehörte Delić zu jenen, die zu viele Western gesehen hatten. Aber gleichzeitig mußte Drake daran denken, daß profunden Quellen zufolge jedes New Yorker Mafia-Mitglied mindestens zehnmal »Der Pate« sah. Die These, daß der Film das Leben abbildet, konnte also genauso gut umgekehrt werden.

»Ihre Analyse«, sagte Drake dann laut, »ist wirklich bestechend. Ich bin ehrlich beeindruckt. Aber ich fürchte, ich bin der Lösung meines Problems immer noch keinen einzigen Schritt näher gekommen. Haben Sie nicht wenigstens einen klitzekleinen persönlichen Verdacht? Ich meine, wenn Sie selbst in dieser Sache tätig werden müßten, was würden Sie als ersten Schritt unternehmen?«

Delić legte seine Stirn kraus. Wieder ein Schluck aus der Kaffeetasse. »Wie ich schon sagte«, ließ er sich dann vernehmen, »ich würde bei den Subalternen ansetzen. Ich würde mich auf die Suche nach den Hooligans machen.«

»Ach ja? Und wo?«

»In einem der einschlägigen Lokale natürlich. Die treffen sich auch stets in denselben Stammlokalen. Darin unterscheiden sie sich in nichts von normalen Staatsbürgern.«

»Apropos«, fiel ihm Drake beinahe ins Wort, »ich soll mich abends mit einem Herrn Črnjatović in einem Restaurant Makedonija treffen. Würden Sie das auch unter einschlägige Lokale einreihen?«

»Lazar? Ein guter Mann, weiß viel, kann viel. Aber in dieser Causa brauchen Sie ihn wohl nicht bemühen. Von Verbrechern hat er soviel Ahnung wie Madonna vom Singen. Und das Makedonija können Sie auch getrost vergessen – es sei denn, Sie wollen hervorragend speisen. Die beste jugoslawische Küche der ganzen Stadt. Aber dunkle Elemente werden Sie dort keine finden. Die könnten sich ein solches Etablissement auch kaum leisten, kann ich Ihnen sagen. Immerhin aber ist es gut möglich, daß man dort auf den einen oder anderen honorigen Hintermann treffen könnte. Ich werde für Sie mal Nachschau halten, denn, offen gestanden, das Makedonija ist mein Stammlokal.«

»Gut, wo also dann?«

»Im Bahnhofsviertel, nahe der Marienkirche. Dort gibt es einen ganzen Haufen jugoslawischer Lokale. Sie haben allesamt keinen sehr hohen Standard, das Essen ist bestenfalls Mittelklasse, aber im Kredenzen von Speisen sehen diese Kneipen auch nicht ihren Lebenszweck. Das sind mehr so Schnaps- und Weinhallen mit angeschlossener Disco. Und so sieht auch zumeist das Publikum aus. Junge Raver, alte Säufer. Dementsprechend schwankt die Musik auch zwischen Nada Obrić und Scooter. Wobei die gute alte Nada mit Fortdauer der Nacht allmählich die Oberhand gewinnt, weil dann auch die jungen Raver schon reichlich alte Säufer sind.«

»Alle Wetter, Sie kennen sich wirklich gut aus.«

»Tja, ist ..., war ja mein Beruf.«

»Heißt das, daß Sie in Pension sind?«

»Falls es Ihnen entgangen sein sollte, mein Land gibt es nur noch auf Briefmarken. Und zur höheren Ehre Serbiens ziehe ich nicht in den Krieg. Ich war und bin Kommunist. Kein Četnik.«

»Nun denn, Genosse«, lächelte Drake, »wenn Sie sich also im Ruhestand befinden, dann hätten Sie vielleicht auch Lust nach ein wenig Abwechslung, oder?«

»Sie meinen, ich soll mich Ihnen anschließen? Was wird denn da Pater Pius sagen?«

»Er muß ja schließlich auch nicht alles wissen, oder?«

»Tut er auch nicht!«

»Sie kommen also mit«, ignorierte Drake den eben geäußerten Zweifel an der Qualität Milus'scher Ermittlungsmethoden.

»Die nächsten zwei Stunden habe ich Zeit«, sagte Delić knapp, erhob sich und räumte das Kaffeegeschirr in die Spüle. Drake trat auf den Korridor und wartete auf Delić, der im Vorzimmer kurz abbog, um in einem begehbaren Schrank unter der Treppe zu verschwinden. Danach kam er mit einem Mantel aus Astraganfell zurück. Drake lächelte wissend: »Ah, Ihre Visitenkarte.«

»Tja«, grinste nun auch Delić, »alte Angewohnheiten legt man nicht mehr ab, wie?«

Die beiden begaben sich in den Vorgarten des Hauses, Delić schloß ab. »Wo steht Ihr Wagen«, wandte er sich dann an Drake. Dieser blickte verlegen drein: »Ich, äh, habe keinen.«

»Allmächtiger, mit Ihnen ist es aber wirklich nicht weit her«, seufzte Delić, »gut, wir nehmen meinen. Kommen Sie.«

Delić führte Drake in die Garage, wo dieser augenblicklich vor Neid erblaßte. Ein wunderprächtig polierter Rolls Royce Silver Shadow! Drakes ultimatives Traumauto: »Woher haben Sie denn den?« krächzte er.

»Ach, den hab ich mal eingetauscht«, erwiderte Delić knapp, als er Drake bedeutete, einzusteigen, »ein Typ bot ihn mir an im Tausch gegen etwas, was ich hatte und er gerne wollte.«

»Und was war das?«

»Sein Leben.«

Ansatzlos glitt der Rolls aus der Garage, wie von Geisterhand öffnete sich das Gartentor, um sich hernach ebenso wieder zu schließen. Im Gegensatz zu Andrina schien Delić ein sehr zurückgelehnter Fahrer zu sein, denn die Tachonadel erreichte niemals die 40er-Marke. Drake registrierte dies in bezug auf seine Gesundheit zwar durchaus erfreut, doch vor Anbruch der Dunkelheit würden sie bei diesem Tempo den Bahnhof wohl kaum erreichen.

VIII.

Pero und Božidar wuchteten Andrina hoch und bohrten ihr dabei die Knarre fest in den Rücken. »Eine falsche Bewegung, Kleines, und wir machen dich gleich hier kalt. Du kannst es dir aussuchen. Entweder wir machen es später, sauber und beinahe schmerzlos, oder wir verstümmeln dich auf ziemlich perfide Weise. Pero könnte dir beispielsweise eine Kugel in den Arsch jagen. Tut höllisch weh, hab ich mir sagen lassen. Und wenn du nicht spurst, schlitze ich dir den Bauch auf und sehe vergnügt zu, wie du langsam ausblutest. Na, ist das eine Perspektive? Es ist also entschieden besser, wenn du mitspielst, razumeš?« Andrina starrte ihren Peiniger wütend an und biß sich auf die Lippen. Die Situation hatte entschieden nichts Positives an sich, und solches vermochte sie nicht gerade zu schätzen.

»Also, vorwärts, raus da.«

Der kleine Zug setzte sich in Bewegung und trat in die Schankstube. Einen Moment lang war Pero abgelenkt durch eine dunkle Schöne, die ihn provozierend musterte. Instinktiv überprüfte er, ob sie von ihrer Warte aus die Pistole sehen konnte, die er immer noch in Andrinas Rücken postiert hatte. Doch anscheinend war die Schöne mehr an ihm interessiert, denn sie schickte ihm einen tiefen, beinahe sehnsüchtigen Blick. Pero verfluchte sich dafür, daß er just jetzt Handlangerdienste für Božidar leisten mußte, denn es war schon verdammt lange her, daß er bei einem Mädchen gelandet war, zu lange, um sich eine so offensichtliche Chance entgehen lassen zu dürfen. Wozu brauchte Božidar ihn für die Eliminierung dieses Flintenweibes überhaupt? Jetzt wurde er ja wohl allein mit ihr fertig. Pero beschloß, Božidar von seinen Bedürfnissen in Kenntnis zu setzen. Als die drei also das Lokal verlassen hatten, trat er an Božidar heran: »Sag, Božić, da drinnen war ein steiles Girl, das mir ziemlich aufmunternd zugezwinkert hat. Wenn es dir nichts ausmachst, dann sag ich ihr nur schnell, daß sie auf mich warten soll. Ich denke, das wird noch ein schöner Abend, und den möchte ich mich nicht entgehen lassen.«

Božidar wußte, daß mit Pero nicht sehr viel anzufangen sein würde, wenn er ihm diese Bitte abschlug, und so sagte er knapp: »Okay, du hast zwei Minuten. Dann bist du wieder hier, klar?« Pero nickte knapp und verschwand wieder im Lokal. Tatsächlich kam die Schwarze auf ihn zu und lächelte verführerisch. »Na, schöner fremder Mann, was hast du denn heute noch vor?«

Pero schluckte. Er war es nicht gewohnt, daß eine Frau so forsch auf ihn zuging. Daher dauerte es auch einige Zeit, ehe er sich wieder gefangen hatte: »Ich muß mit meinem Freund noch einen kleinen Weg erledigen. Aber danach stehe ich dir voll zur Verfügung.«

»So lange will ich aber nicht warten, großer Mann«, hauchte die Schönheit und legte ihren Arm um Peros Hüfte, »ich will dich. Und ich will dich jetzt.«

»Bist du eine Nutte oder was«, platzte es aus Pero heraus. Die dunkle Schöne kniff ihre Augen zusammen: »Wenn du nur darauf aus bist, mich zu beleidigen, dann vergiß die Sache wieder.« Zornig wandte sie sich ab, und Pero erkannte, er hatte einen schrecklichen Fehler gemacht. »Tut mir echt leid«, stammelte er, »es ist nur so, daß mich schon lange keine so schöne Frau mehr angequatscht hat.«

Die Schöne drehte den Kopf leicht zurück, blinzelte unsicher. »Meinst du das ernst?«

»Klar doch«, schluckte er.

»Dann beweis' es mir.«

»Wo?«

»Hier und jetzt!«

»Was? Hier in diesem Lokal?«

»Na es wird doch hier wohl eine dunkle Ecke geben, wo wir uns ungestört unterhalten können.«

Pero war nun vollends in Wallung. Was scherte ihn Božidars Problem? Daß er ihn aus den Klauen der Kleinen befreit hatte, war doch wahrlich Dienst genug gewesen. Jetzt, so dachte er, war die Zeit gekommen, wo er auf sich selbst zu achten hatte. Pero faßte die Schöne an der Hand und zog sie hinter sich her in einen Korridor, der hinter dem Billardzimmer auf den Gang des Wohnhauses führte. Dort umarmte Pero die Frau und begann sie heftig zu küssen. Doch die Schöne wich zurück, legte ihren Zeigefinger auf Peros Lippen. »Du hast doch noch deinen Bütteldienst für deinen Chef abzuleisten. Schon vergessen?«

»Ach was, vergiß ihn.«

»Daß er dann in fünf Minuten, gerade wenn wir so herrlich schön in die Vollen gehen, dasteht und uns die ganze Show versaut? Nicht mit mir!«

Pero seufzte: »Was willst du, das ich tun soll?«

»Geh raus, und sag ihm, er soll seinen Job allein erledigen. Dann komm wieder her, und ich zeig dir das Paradies.«

»Das wird ihm aber kaum gefallen«, murmelte Pero.

»Tja, dann wird dir heute auch nichts gefallen. Er oder ich, such es dir aus.«

Erregt wie Pero war, gab es für ihn kein langes Zögern. Er ordnete seine Gewandung und sah die Schöne durchdringend an: »Warte hier zwei Minuten auf mich. Dann hält uns nichts mehr auf, glaube mir.«

»Ich werde warten. Genau zwei Minuten. Hast du es bis dahin nicht geschafft, deinem Freund zu zeigen, wer die Hosen anhat, dann bin ich eine Staubwolke, und du kannst wieder auf den Handbetrieb zurückgreifen.«

Beinahe im selben Augenblick wuchs Pero vor Božidar aus dem Boden: »Hör mal«, keuchte er, »ich hab dich vorhin aus einer ziemlich brenzligen Situation geholt, oder nicht?« Božidar zwinkerte beunruhigt, während Pero fortfuhr: »Die Kleine ist jetzt kampfunfähig, du wirst genauso gut ohne mich mit ihr fertig. Oder etwa nicht?«

»Was soll das heißen?«

Pero holte seinen Revolver aus dem Hosenbund und richtete ihn auf Andrina: »Na los, Božić, verschnür sie ordentlich, dann kann sie dir nachher keine Schwierigkeiten machen, und du brauchst keine zusätzliche Deckung.«

Božidar wollte widersprechen, doch an Peros Bestimmtheit gab es keinen Zweifel: »Die Kleine da drinnen ist sauscharf, und ich habe keine Lust, mir diesen Fick entgehen zu lassen, bloß weil du eine Amme brauchst, wenn du ein gefesseltes Mädchen ins Jenseits schicken sollst.«

Božidar sah an Peros erhitztem Blick, wie ernst dieser es meinte. »Okay, du hast gewonnen. Aber wenn irgendetwas schiefläuft, bloß weil du deinem Schwanz untertan bist, dann mach ich dich persönlich dafür verantwortlich. Klar?«

»Was immer du sagst, Boß. Und jetzt leg ihr die Ketten an, damit wir endlich weiterkommen. Wenn du willst, komm ich später nach und helfe dir, die Leiche zu beseitigen. Ist das ein Wort? Ich meine, so spitz wie ich im Augenblick bin, wird's nicht lange dauern.«

Božidar nickte resigniert: »Okay, in einer Stunde am gewohnten Ort.«

Zufrieden steckte Pero seine Knarre weg und wartete, bis Božidar aus der Parklücke fuhr. Dann eilte er zurück in den Korridor, wo die Schöne tatsächlich noch auf ihn wartete. Ihre Bluse stand weit offen, während sie penetrant auf das Zifferblatt ihrer Uhr starrte. »Gerade noch«, sagte sie dann. Pero nahm sie sofort in seine Arme und bedeckte Gesicht und Hals der Schönen neuerlich mit einer Vielzahl von Küssen. Seine Hände krampften sich in ihren Hintern, sein Becken drängte gegen ihren Unterleib. Die Schöne wußte, was Männer wie Pero wollen. Zielstrebig lockerte sie ihm den Hosenbund und holte bald schon seine Genitalien hervor. Pero reagierte nur noch intensiver auf solches Tun und schickte sich an, ihr Ohrläppchen eifrig anzuknabbern.

Ein atemberaubender Schmerz durchzuckte ihn. Die Schöne quetschte gnadenlos Peros heikle Teile, sodaß dieser nach Luft schnappend zusammenklappte. Überdies hatte sie in ihrer freien Hand plötzlich eine Pistole.

»Okay, du Sack, wohin will dein Kumpan die Lady schleppen?«

Pero versuchte gar nicht mehr, Widerstand zu leisten, er hatte nur noch panische Angst um seine Zeugungsfähigkeit. »Ich weiß es wirklich nicht«, stammelte er dann. Die Schöne drückte neuerlich fest zusammen. Pero jaulte wie ein angeschossener Köter. »Zum Ziegelteich«, röchelte er.

»Welcher Ziegelteich?«

»Der große im Industrieviertel! Neben der Konservenfabrik.« Die Schöne unterzog Peros Gemächt einer neuerlichen Tortur, ehe sie ansatzlos den Lauf der Pistole über seinen Kopf sausen ließ. Pero kippte vornüber und war für längere Zeit außer Gefecht gesetzt.

Eilig packte die Schwarzhaarige ihre Sachen zusammen, richtete sich die Frisur und strebte dem Ausgang zu. Bis zur Tür schien ihr niemand Beachtung zu schenken, als ihr plötzlich der Arm des dritten Billardierers den Weg versperrte. »Wohin so eilig, junge Frau? Ist Pero schon fertig?«

»Ja«, gab die Angesprochene knapp zurück.

»Na, dann können ja wir uns vergnügen«, sülzte Peros Freund mit einem dreckigen Grinsen in Richtung der übrigen Barbesucher. Ohne zu zögern griff er nach der Brust der Frau. Doch diese schlug seine Hand nach unten: »Verpiß dich, du Rattengesicht«, pfauchte sie ihn an. »Ho, ho, der Mustang will gezähmt werden.« Doch die Schwarze hatte keine Zeit für derlei Tändeleien. Ansatzlos knallte sie ihr Knie in die Genitalien des Charmeurs, der daraufhin röchelnd zu Boden ging. Sie griff nach der Tür und überflog dabei ihre Chancen gegen das halbe Dutzend Leute, das sich nun anschickte, von ihr nachhaltig eine Erklärung einzufordern.

In diesem Augenblick ging das Portal auf, und die Hooligans wurden merklich unsicher. Die Schwarze wußte zunächst nicht, was für den Wechsel der Gesichtsfarbe verantwortlich war, aber der Mann in dem Pelzmantel schien eine gewichtige Person zu sein. Und das war durchaus erfreulich, dachte die Schöne, als sie erkannte, daß niemand anderer als Drake im Windschatten des Mantelträgers auftauchte.

»Wir haben's eilig«, bellte sie ihm entgegen, während sie nach draußen stürzte. Drake und Delić blickten einander verwundert an und folgten ihr.

Auf dem Gehsteig blieb die Schwarze kurz stehen: »Wer ist das?« fragte sie Drake, mit dem Daumen auf Delić deutend.

»Mein Name tut nicht viel zur Sache, Fräulein Habib, aber ich habe mich bereit erklärt, Ihnen in der Causa Slovac ein wenig zu helfen.«

Maggie Habib schien leicht verwirrt, daß Delić ihren Namen kannte, doch Drake bedeutete ihr, sie solle sich darüber nicht wundern. Vielmehr gelte es zu erklären, was sie hierher geführt habe.

»Ich habe den dringenden Verdacht, daß Andrina in ziemlichen Schwierigkeiten steckt. Wir müssen ihr schleunigst helfen. Alles Weitere erzähle ich auf dem Weg«, keuchte Maggie, »habt ihr einen Wagen, oder nehmen wir meinen?«

»Der Rolls wäre zu schade, wir nehmen deinen«, sagte Drake eingedenk Delićs Geschwindigkeitsrausch. Habib führte die beiden zu einem simplen Modell, hieß sie einsteigen und brauste los. Kaum aus der Parklücke, fing sie zu erzählen an:

»Andrina hat auf ihre Tour ermittelt. Über einen Freund beim Verkehrsamt bekam sie den Fahrzeughalter des sogenannten Rettungswagens heraus. Dieser Freund ist auch ein guter Bekannter von mir. Wir trafen uns am frühen Nachmittag in der Kantine auf einen Kaffee, und da erzählte er mir so nebenbei von seinem Erlebnis mit Andrina. Ich zählte eins und eins zusammen und befand, ohne Rückendeckung könnte sich Blondie ziemlich kalte Füße holen. Ich fuhr also zu der angegebenen Adresse, als auch schon Andrinas Corvette an mir vorbeiflog. Bei dem Affenzahn, den sie draufhatte, erkannte sie mich natürlich nicht. Ich meinerseits wendete eilig mein Gefährt und versuchte mich, so gut es eben ging, an sie ranzuhängen. Zweimal hätte ich sie fast verloren, ehe mir klarwurde, wohin sie unterwegs war: die Gastarbeiterlokale im Bahnhofsviertel. Dementsprechend fragte ich den Wächter des Bahnhofsparkhauses, ob eine schwarze

Corvette an ihm vorbeigerauscht sei, was dieser bejahte. Sodann brauchte ich nur noch auf Andrina zu warten und mich sodann auf ihre Fährte zu heften. Und die führte mich direkt in jene Kneipe, aus der ihr mich gerade geholt habt.«

»Und was ist mit Andrina passiert?«

»Die dürfte denjenigen, den sie suchte, dort auch gefunden haben. Jedenfalls brachten sie zwei garstige Schurken nach draußen. Es gelang mir, den einen wegzulocken und außer Gefecht zu setzen. Bevor ich ihn aber bewußtslos schlug, hat er mir noch verraten, wohin der andere mit Andrina gefahren ist. Und genau dorthin bin ich jetzt auch unterwegs.«

»Milus hat ja bessere Leute, als ich dachte«, schnalzte Delić anerkennend mit der Zunge.

»Wir tun, was wir können«, gab Habib zurück, dabei weiter das Gaspedal durchdrückend.

Božidar warf die verschnürte Andrina aus dem Wagen. Dann stieg er selbst aus und lächelte spöttisch auf die Gefesselte herunter. »Tja, du solltest beizeiten beginnen, intensiver zu leben. Genieße jede Sekunde. Denn allzu viele davon hast du nicht mehr.« Božidar beugte sich hinunter und lockerte den Knebel, den er ihr vor dem Lokal in den Mund gestopft hatte. »Ich bin waschechter Demokrat, du kannst selbst wählen, auf welche Art du jetzt sterben willst. Ich kann dich erschießen, dir die Gurgel durchschneiden, dich erwürgen. Was immer du willst. Wir können's zum Abschied auch noch ein wenig spannend machen. Was hältst du davon, wenn ich dir diesen Stein dort drüben um die Beine binde und dich einfach so in den Teich werfe? Sollte es dir gelingen, nicht wie eine elende Ratte auf hoher See einfach abzusaufen, dann laß ich dich vielleicht sogar laufen. Was hältst du von diesem Deal, hmm?«

Andrina fluchte nur undeutlich und überlegte dabei fieberhaft, wie sie sich aus dieser Bredouille befreien konnte. Doch irgendwie, so mußte sie sich eingestehen, als sie von Božidar hochgewuchtet und zum Teichufer geschleppt wurde, war sie mit ihrem Latein gründlich am Ende. Gerne hätte sie nach ihrem Peiniger getreten, doch die Fußfesseln sorgten doch für ein gerüttelt Maß an Beengung. So blieb wenig mehr, als Božidar mit einem wütenden Blick zu bedenken.

»Je länger ich darüber nachdenke, desto besser gefällt mir die Absaufnummer.« Noch wütenderer Blick Andrinas. »Magst du Krawatten?« Wenn Blicke töten könnten! »Ja, ich werde dir den Stein nämlich nicht um die Füße, ich werde ihn dir um den Hals binden. Damit wird die ganze Sache eine größere Herausforderung für dich. Findest du nicht auch?«

Wie wild zerrte Andrina an ihren Fesseln, freilich ohne dabei sonderlich erfolgreich zu sein. »Ach ja, die Fesseln«, grübelte Božidar, »nun, du wirst verstehen, daß ich dir die nicht abnehmen kann, weil sonst hätten wir ja keinen Spaß, nicht wahr, vor allem, wenn du, wie ich annehme, schwimmen kannst. Du würdest dich von dem Stein befreien und einfach ans Ufer schwimmen. Wo bliebe da der Sport?«

Fröhlich pfeifend holte Božidar das Abschleppseil aus seinem Wagen, schlang das eine Ende um einen Gesteinsbrocken von reichlich 30 Kilo Gewicht und band das andere um Andrinas Hals. Als er testweise kräftig zuzog, mußte Andrina, derart von jeder Atemzufuhr abgeschnitten, begierig nach Luft schnappen.

»Na, na, doch noch nicht jetzt. Du brauchst deine Kräfte noch für deinen Todeskampf da drinnen.« Dabei deutete er auf das Wasser des Teichs. Noch einmal überprüfte Božidar die Festigkeit des Seiles, dann begann er, Andrina ins Wasser zu rollen. Und zu ihrer eigenen Überraschung begann sie aus Leibeskräften um Hilfe zu schreien. Božidar hielt einen Moment inne: »Tja, naheliegende Idee! Aber ich fürchte, sie wird dir hier in dieser Einöde wenig nützen. Weißt du, wir sind weit ab von jedem Haus und jeder befahrenen Straße. Hier hört dich einfach keine Sau. Ja, ich würde sogar so weit gehen, zu behaupten, daß es eine hübsche Weile dauern wird, bis man deine Leiche findet. Diesen Ziegelteich benützt nämlich niemand mehr, höchstens ein paar Kinder im Hochsommer, und bis dahin haben dich die Fische schon bis auf die Knochen abgenagt, skelettiert sozusagen. Die Polizei wird schon deine Gebißabdrücke nehmen müssen, um herauszufinden, wer du einmal warst.«

»Damit kommst du nie durch, du Schwein«, schrie Andrina. Ihre Augen weiteten sich, als Božidar wie zur Antwort noch einmal fest zuzog, und ihrer Kehle entrang sich nur noch ein heiseres Röcheln.

»Wenn Leute erwürgt werden, dann tritt angeblich ihre Zunge ganz kräftig aus dem Maul, habe ich gehört. Das wollen wir doch einmal testen.« Das Seil um Andrinas Hals schloß sich immer mehr und ließ die Adern hervortreten. In Andrinas Kopf pochte alles wild und heftig, die Kehle krampfte sich zusammen, ihr Mund war staubtrocken. Andrina verspürte einen enormen Druck auf ihre Augäpfel und kämpfte verzweifelt gegen die beginnende Ohnmacht an. Als sie schon glaubte, über den Jordan zu gehen, ließ Božidar plötzlich ein wenig nach. Gierig saugte Andrina die Luft ein, die sie nun wieder bekam.

»Ein lustiges Spiel, findest du nicht? Das sollten wir fortsetzen. Ich habe gehört, daß sich Gehängte angepißt haben, wenn sie starben. Nun, hast du dir auch schon in die Hose gemacht, hmm?«

Andrina streckte ihren Körper durch, versuchte abermals, sich zu befreien, doch sah sie bald die Sinnlosigkeit dieses Unterfangens ein. Sie hatte keine Chance, und sie mußte sich eingestehen, daß ihre Augen feucht wurden. Sie hatte sich schon oft in gefährlichen Situationen befunden, aber noch niemals sah sie dem Tod derart deutlich ins Auge wie nun eben jetzt. Und ja, verdammt noch mal, sie hatte Angst! Panische Angst sogar. Sie war noch viel zu jung, um zu sterben. Alles in ihr wehrte sich dagegen, nur noch ein totes Stück Fleisch zu sein, das bald in den Zustand der Verwesung übergehen würde. Nein, so durfte sie einfach nicht abtreten, es mußte irgendwo noch eine Chance geben. Das durfte einfach alles nicht wahr sein! Irgendein schrecklicher Alptraum, aus dem sie jeden Moment erwachte. Schweißgebadet und einigermaßen verängstigt, aber sicher und ungefährdet zu Hause in ihrem Bett. Und sie würde sich an Linda schmiegen und diesen schrecklichen Traum vergessen. Ja, wenn sie jetzt die Augen fest schließen und sodann wieder öffnen würde, dann war endlich alles vorbei und vorüber. Und Andrina machte die Augen zu.

»Hey, bist du noch da?« Božidar hatte gemerkt, daß zwar Andrinas Atem in unverminderter Heftigkeit ging, gleichzeitig aber fürchtete er, sie wäre nun doch ohnmächtig geworden. Also zog er die Schlinge des Seils wieder zusammen, und alsogleich schlug Andrina wieder ihre Augen auf. Božidar konnte das Entsetzen in ihren Pupillen lesen und grinste.

»Tja, sieht schlecht aus für dich. Ich fürchte, den morgigen Tag wirst du nicht mehr erleben, denn so lange kann ich nicht warten. Das wirst du doch verstehen, oder? Ich meine, ich muß mich ja auch um meine Geschäfte kümmern.«

»Ach ja«, krächzte Andrina, »und worin sollten die bestehen? Mußt du heute noch andere Menschen umbringen? Oder dealst du nebenbei ein wenig mit Rauschgift, das du noch unter die Leute bringen willst?«

»Was verstehst du denn schon davon, du blöde Gans.«

»Jedenfalls mehr als du. Jämmerlicher Versager, allein wärst du doch eine Null. Wenn dir dein Freund nicht geholfen hätte, wärst du jetzt erledigt!« Andrina konnte ihre Wut einfach nicht mehr im Zaum halten, wie wild schimpfte sie los: »Du bist doch eine vollkommene Niete. Irgendein kleiner Schmalspurgangster, wer immer dich für die Slovac-Sache angeheuert hat, er kann keine Ahnung haben, denn sonst hätte er sich jemanden genommen, der was taugt!«

»Na, für dich hat's immerhin noch gereicht, oder?«

Genau deshalb, wußte Andrina, war sie ja auch so wütend. Sie hatte sich von dieser Flasche wirklich übertölpeln lassen. Was war sie auch so fahrlässig gewesen, niemandem zu sagen, was sie vorhatte! Niemand würde sie hier finden, nicht einmal der olle Drake. In Wirklichkeit, sagte sich Andrina, war sie der Versager. Sie hatte Fehler gemacht, wie sie nicht einmal einem Anfänger passieren dürften. Und für diese Schnitzer zahlte sie nun. Mit ihrem Leben! Während Božidar sich anschickte, ihr noch die Brieftasche zu klauen, ehe er sie in den See beförderte, schossen Andrina wilde Gedanken durch den Kopf. Sie hatte sich immer gewundert, warum zum Tode Verurteilte immer so ruhig und gefaßt aus dem Leben schieden. Warum wehrten sich diese Idioten nie? Was hatten sie denn noch zu verlieren? Ihren guten Ruf vielleicht? Lächerlich! Der Tod war das Ende von allem und jedem. Und daher mußte man nicht nur am Leben hängen, man mußte um sein Leben kämpfen. Bis zum letzten Atemzug. Solange man noch lebte, durfte man noch hoffen. Wer weiß, vielleicht sogar auf ein Wunder, auch wenn das reichlich absurd klang. Aber in ihrer Lage durfte sie sich nicht mehr an Wahrscheinlichkeiten halten, jeder Strohhalm wurde hier zum Hoffnungsanker. Und so drehte Andrina immer heftiger ihre Handgelenke in den Fesseln, um diese vielleicht doch noch irgendwie lösen zu können, ehe sie das schwarze Naß umfing. Waren ihre Hände erst einmal frei, dann könnte sie vielleicht ihr Necessaire aus der Innentasche ihre Jacke holen und mit der Nagelschere das Seil …, doch nein, Andrina wußte es, dieses Abschleppseil würde sie nicht einmal mit einer Machete durchtrennen können, da war schon ein Eisenschneider vonnöten. Nein, eher müßte sie versuchen, das Seil vom Stein zu ziehen oder aber den Knoten um ihren Hals zu lösen. Wie lange sie wohl Zeit hatte, ehe sie wirklich zu ertrinken begann? Zwei Minuten? Drei? Sie war nie besonders gut im Tauchen gewesen, aber wenn sie, unmittelbar bevor sie ins Wasser glitt, ordentlich und tief Luft holte, dann mochte es schon für eine Zeit reichen. Wenn sie nur endlich ihre Hände befreien könnte!

Božidar schien enttäuscht: »Was, diese paar Lappen sind alles, was du bei dir trägst? Das reicht ja nicht einmal für ein ordentliches Abendessen.«

»Ich hatte auch nicht vor, dich zu sponsern, Arschloch.«

»Na, wie auch immer, besser als nichts. Gut«, Božidar atmete tief durch, »bringen wir's endlich hinter uns. Du bist sicher schon ganz begierig, herauszufinden, ob es da drüben etwas gibt oder nicht, was? Nun, in ein paar Augenblicken wirst du es wissen. Das Wasser hier ist verdammt kalt, aber tröste dich, dort, wo du jetzt hinkommst, soll es ganz schön heiß sein. Der Bocksfüßige, du weißt schon.«

»Und wenn schon, wenigstens muß ich dein schmieriges Grinsen nicht mehr ertragen«, keuchte Andrina und versuchte, Ruhe zu bewahren. Sie brauchte jetzt all ihre Kraft.

»Du wirst langsam langweilig, Süße. Ich denke, es wird Zeit für den Schwimmunterricht.« Božidar überprüfte noch einmal die Festigkeit des Seils, besah sich den Stein und Andrinas Hals, ehe er daranging, Peros Ruderboot zu holen, welches die beiden für ebendiese Zwecke in einem Werkzeugschuppen versteckt hielten. Er schleifte es zum Teich.

»Also ich muß schon sagen, mit Pero geht das immer viel einfacher. Das Ding ist ganz schön schwer. Ich hoffe, du machst mir keine Schwierigkeiten, wenn ich dich da reinwuchte, denn sonst muß ich dich zur Raison bringen. Das verstehst du doch, oder?«

Andrina versuchte Božidars Abwesenheit zu nützen und arbeitete nur noch heftiger an ihren Handfesseln. Doch sie hatte das Gefühl, als würden diese bei jeder Bewegung nur noch enger anstatt weiter. Wenn nicht bald etwas geschah, dann würde es düster aussehen, wußte sie.

Božidar war nun endlich mit dem Boot an sie herangekommen. Mühevoll stemmte er den Stein und legte ihn auf die Sitzbank. Andrina spürte sofort, wie durch die Spannung des Seils ihre Luftzufuhr abgeschnitten wurde. Sie röchelte. Božidar faßte mit seinen Händen unter ihre Achselhöhlen und zog sie in Richtung Boot. Andrina trachtete danach, sich schwer zu machen, doch sie wußte, auch das war keine Lösung. Wiewohl alles in ihr immer noch Widerstand leistete, spürte sie dennoch eine gewisse Erschöpfung in sich aufsteigen. Machte es überhaupt noch Sinn, sich weiter gegen das Unvermeidliche zu wehren? War jetzt nicht ohnehin schon alles vorbei? Wenn sie einmal im Boot lag, was konnte sie dann noch retten? Ihre Arme waren ebenso verschnürt wie ihre Beine. Da war nichts mehr, womit sie sich noch aus der Affäre ziehen könnte. Am besten war wohl, sich zu verabschieden. Andrina legte, soweit es ihre Fesseln erlaubten, den Kopf zurück und sah ihren Peiniger an: »Ich verfluche dich. Und ich verfluche deine ganze Familie«, flüsterte sie, »möge keine Frau aus deiner Sippe ihren 15. Geburtstag erleben, möge kein Mann jemals zeugungsfähig sein. Mögen deine Alten dem Wahnsinn verfallen, und möge dir die Haut bei lebendigem Leib verfaulen.« Für einen Moment hielt Božidar tatsächlich inne. Derlei Flüche, so wußte er, hatten in seiner alten Heimat immer noch einiges Gewicht, und wer vermochte zu sagen, ob an ihnen nicht doch irgendetwas dran war. Andrina sah in Božidars Augen, wie dieser sich tatsächlich etwas unwohl fühlte, wie ihm mulmig wurde. »Mein Verderben wird auch das Verderben all derer sein, die mit dir irgendwie in Verbindung stehen«, setzte sie nach.

Božidar zwang sich zu einem gequälten Lächeln. »Blödsinn«, murmelte er und zog Andrina die Bootswand hoch. Dann stieg er in den Nachen, um so den Körper seiner Gegnerin endgültig ins Innere des schwimmenden Untersatzes zu bekommen. Noch einmal machte sich Andrina vergeblich schwer. Es trieb Božidar zwar den Schweiß auf die Stirn, aber letztlich hatte er Andrina dort, wo er sie haben wollte. Sie saß auf der Bootskante. Ein kleiner Ruck noch, und Andrina kippte nach hinten und kam irgendwie verrenkt auf dem Boden des Bootes zum Liegen.

Mit abgestelltem Motor ließ Maggie Habib ihr Gefährt durch die Einfahrt des umzäunten Areals rollen. Die Konservenfabrik hatten sie links hinter sich gelassen, und der Teich konnte nun nur noch wenige Meter von ihnen entfernt sein.

»Es ist besser, wir legen den Rest des Weges zu Fuß zurück. Wenn er uns hört, ist es um Andrina endgültig geschehen.«

»Gute Idee«, zischte Drake und öffnete die Wagentür.

Die nähere Umgebung war in völlige Dunkelheit getaucht. »Der Teich müßte sich hinter dieser Hecke befinden«, meinte Habib und eilte auf Zehenspitzen zu dem Gewächs hin. Drake versuchte ihr möglichst lautlos zu folgen. An dem Gesträuch angekommen, hockten sich beide nieder. Langsam und vorsichtig bog Habib einige Äste beiseite und spähte durch die so entstandene Öffnung. »Ich sehe seinen Wagen«, sagte sie, »aber die beiden kann ich von hier aus nicht entdecken.«

»Die Frage ist, heißt das, daß er uns auch nicht sehen kann, wenn wir uns an sein Auto heranschleichen.«

»Bleibt uns denn eine andere Wahl?«

»Ich fürchte nicht.«

»Eben. Ich werde es versuchen«, sagte Habib, »Sie bleiben hier und geben mir zur Not Feuerschutz.« Habib langte in ihre Jackentasche und zog eine Pistole hervor. »Die habe ich zuvor einem der beiden Schlawiner abgenommen.« Sie besah sich das Magazin. »Okay, sie ist geladen. Sie haben, soweit ich das auf die Schnelle beurteilen kann, sieben oder acht Schuß. Gehen Sie sorgsam damit um.«

Dann zog Habib ihre eigene Waffe aus dem Holster und kroch um die Hecke. Sie warf sich auf den Boden und robbte wie ein Kriechtier durch die Botanik. Verdutzt sah ihr Drake nach. Bis zum Wagen des Verbrechers mochten es etwa 15, vielleicht 20 Meter sein, doch in für Drake erstaunlicher Behendigkeit überwand Habib diese Distanz. Auf der dem Teich abgewandten Seite des Wagens richtete sich Habib auf und atmete tief durch. Dann linste sie vorsichtig um die Ecke. Keine zehn Meter vor sich erblickte sie das Seeufer. Dort lag ein kleines Ruderboot, vielleicht zweieinhalb Meter lang. Der Entführer saß im Boot, und da von Andrina nichts zu sehen war, mußte sie wohl ihm zu Füßen liegen, wenn, ja wenn er sie nicht schon beseitigt hatte. In geduckter Haltung lief Habib ein paar Meter auf den Unhold zu. Zwei, vielleicht drei Meter vor dem Wasser begann eine Art Kiesstrand. Das Knirschen, dachte Habib, würde den Typen ohnehin warnen, weshalb es wohl klüger war, jetzt aufs Ganze zu gehen. Sie richtete sich auf und die Waffe auf den Gangster: »Es ist vorbei, geben Sie's auf!« rief Habib mit lauter Stimme. Für Drake war dies das

Stichwort, ebenfalls aus seiner Deckung zu gehen und den Verbrecher aufs Korn zu nehmen. Božidar lachte auf: »Hey, Kleine, ehe du noch deine Freundin hier befreien kannst, habe ich sie schon mit Blei vollgepumpt. Also ist es wohl besser, du mischt dich hier nicht ein!«

Habib zögerte. Sie wollte Andrina nicht gefährden. Andererseits wußte sie aus Erfahrung, daß der durchschnittliche Verbrecher nicht von seiner Tat Abstand nahm, nur weil man nett zu ihm war. Sie wollte Zeit gewinnen: »Nehmen Sie Vernunft an. Sie kommen hier ohnehin nicht mehr raus. Also wenn Sie sich jetzt ergeben, dann sind Sie bloß wegen Freiheitsberaubung dran. Das reicht gerade mal für eine Bedingte. Wenn Sie allerdings jetzt Widerstand gegen die Staatsgewalt leisten, dann ist das auch noch versuchte Körperverletzung, Angriff auf ein Staatsorgan, Behinderung einer Amtshandlung et cetera, et cetera. Da ist Ihnen eine Unbedingte sicher. Ein Jahr, vielleicht auch zwei. Also seien Sie vernünftig.«

Drake ärgerte sich über seine tendenzielle Kurzsichtigkeit. Hatte der Typ überhaupt eine Waffe in der Hand? Irgendetwas glänzte da im matten Mondlicht. Ein Messer? Eine Knarre? Gerne hätte er Habib zugerufen, daß der Gangster nur bluffte, doch was, wenn er wirklich eine Kanone auf Andrina richtete? Selbst wenn ihn Habib mit dem ersten Schuß traf, würde er noch Zeit genug haben, Andrina, die sich nur wenige Zentimeter unterhalb der Waffe befinden mußte, zu töten.

Gespannt starrte Drake auf Habib. Diese hatte ihre Dienstwaffe immer noch auf den Bösewicht gerichtet. Dieser reagierte nicht. »Ein letztes Mal warne ich Sie. Geben Sie auf, oder wir sind gezwungen, Gewalt anzuwenden!«

»Dann siehst du deine Kleine nur noch als Leiche!« schrie Božidar. Drake registrierte, daß sich das Glitzern veränderte. Der Typ mußte seine Waffe bewegt haben. Was plante der? Einen starken Abgang? Den konnte er haben.

Drake erinnerte sich an sein Lehrgangswissen in Sachen Schußwaffengebrauch. Der Lauf der Pistole sollte eine Art Verlängerung des Zeigefingers sein. Wenn man mit dem Zeigefinger genau auf etwas deutete, dann mußte es mit dem Lauf genauso sein. Ein anderer Lehrsatz sprach von der verlängerten Linie von Kimme und Korn. Sich daran zu halten schien Drake sicherer, und so hielt er die Waffe möglichst weit von seinem Körper weg und richtete die verlängerte Linie auf den rechten Oberarm des Verbrechers ein. Als er sich sicher war, diesen im Visier zu haben, drückte Drake ab. Ein lauter Knall zerriß die Stille der Nacht, und Drakes Arm flog durch den Rückstoß nach oben. Der Verbrecher aber sank lautlos zur Seite. Habib erstarrte und blickte dann mit einer mechanischen Drehung ihres Halses auf Drake. Der sah sie unsicher an.

Habib brachte sich als erste wieder unter Kontrolle. Vorsichtig ging sie auf das Boot zu, dabei immer noch ihre Waffe im Anschlag.

»Kommt schon, so kommt doch«, hörte sie plötzlich Andrina schreien, »er ist erledigt!« Habib beugte sich über das Boot und sah den verwunderten Blick auf Božidars Gesicht. Und das kleine Bächlein Blut, das sich die Schläfe entlang abwärts seinen Weg bahnte. Dann wurde ihr die Lage von Andrina bewußt, die hektisch an ihren Fesseln zerrte.

»Das ist ja gerade noch einmal gutgegangen«, sagte Habib nach einer Sekunde des Schweigens, »soweit alles okay?«

»Ich denke schon, obwohl ich mich schon sehr oft sehr viel besser gefühlt habe.«

»Warte, ich schneide dich los, und dann bringen wir dich irgendwohin, wo wir dich wärmen und dir Kaffee oder so etwas geben können.«

Mittlerweile hatte sich auch Drake seinen Weg zum Ufer gebahnt. »Alles okay«, fragte er, den Blick auf Andrina gerichtet.

»Toll! Einfach toll!« Habib drehte sich um und pflanzte sich vor ihm auf. »Sie haben ihn einfach umgenietet. Was glauben Sie, wo wir hier sind? Chicago 1930 oder was?«

»Scheiße, das wollte ich nicht«, stammelte Drake, der spürte, wie er am ganzen Körper zu zittern begann, »ich, ich habe auf seinen Arm gezielt.«

»Wirklich? Das sieht eher nach einer fachgemäßen Hinrichtung aus. Ja, wenn Sie die Waffe in seine Rechte legen, dann glaubt Ihnen sogar jeder, daß er hier Selbstmord begangen hat. Wo waren Sie eigentlich bisher tätig? Bei der Mafia?«

»Nun mal sachte. Das ist der erste Mensch, den ich ..., äh, der durch mich ..., äh, ich meine ..., na ja, Sie wissen schon.«

»Da hätten Sie sich aber wirklich eine bessere Gelegenheit suchen können. Denn aus dem kriegen wir jetzt nämlich kein Wort mehr heraus, wissen Sie. Jetzt erfahren wir nicht mehr, wer ihn engagiert hat, wissen Sie.« Drake taumelte zurück, nachdem Habib begonnen hatte, in regelmäßigen Abständen ihren rechten Zeigefinger in seine linke Schulter zu bohren. »Aua«, sagte er hilflos.

»Jawohl! Aua! Genau das. Sie haben eben unseren potentiellen Kronzeugen liquidiert, Sie Armleuchter!«

»Aaaaargh!«

Wie auf Kommando blickten sowohl Habib als auch Drake in Richtung Andrina. »Würdet ihr diese Unterhaltung gefälligst später fortsetzen. Ich will keine Sekunde mehr mit dieser Leiche hier rumliegen. Und schon gar nicht gefesselt. Und, verdammt noch mal, Drakie hat mir vielleicht das Leben gerettet!«

»Danke«, sagte Drake.

»Pffh«, machte Habib.

»Auf diesen Schock haben wir alle ein Schlückchen Slivovica verdient.« Wie aus dem Nichts war plötzlich Delić am Ufer des Teichs aus dem Boden gewachsen. »Ich weiß, Mr. Drake, Sie bevorzugen eigentlich Whiskey. Aber den habe ich in meinem Mantel leider nicht vorrätig. Jedoch«, und dabei fingerte Delić in den Innentaschen des Astraganumhanges herum, »findet sich diese Thermosflasche mit heißem Tee. Ich denke, das wird Ihnen guttun, Fräulein Andrina, zumal ich weiß, daß Sie die Vorzüge des Alkohols verschmähen.«

Habib hatte in der Zwischenzeit Andrinas Fesseln durchschnitten, sodaß sich diese aufrichten konnte. Sie rieb sich ihre Handgelenke und sah Delić unsicher an. »Wer ist denn der?« fragte sie dann.

»Darf ich bekannt machen«, sagte Drake leicht geistesabwesend, »Herr Stanimir Delić, Frau Andrina …«

»Ich weiß, ich weiß«, Delić bedeutete Drake mit einer Geste des rechten Armes, er möge innehalten, »es ist mir ein besonders Vergnügen, Sie kennenzulernen. Und lassen Sie sich versichert sein, wie froh ich bin, Sie gesund und unversehrt anzutreffen. Außerdem möchte ich meinem Bedauern Ausdruck verleihen, daß sich ausgerechnet einer meiner Landsleute zu einem solch abscheulichen Tun hat hinreißen lassen. Aber wie ich sehe, hat ihn seine Strafe schon ereilt.«

»Ja«, knurrte Habib, »seine Hintermänner hätten das nicht besser erledigen können als Mr. Drake hier. Jetzt erfahren wir wieder nichts.«

»Was ist denn mit diesem zweiten Typen«, meinte Drake in einem Anflug von Hoffnung, »den Sie im Brena außer Gefecht gesetzt haben. Kann der nicht etwas wissen?«

»Das glaube ich nicht«, meinte Andrina, sich immer noch die Handgelenke reibend, »aber vielleicht weiß sein Wohnungsgenosse etwas. Ein gewisser Munjaković. Schmieriger Typ. Ich muß den nicht mehr zu Gesicht bekommen. Aber wenn ihn die Exekutive einmal in die Mangel nimmt, dann plaudert der sicher. Wie ein Steher wirkte er mir jedenfalls nicht.«

»Prvoslav Munjaković?« fragte Delić.

»Ja«, entgegnete Andrina, »kennen Sie ihn?«

»Ich denke, Herr Delić kennt jeden seiner Landsleute hier in der Stadt«, meinte Drake, »habe ich recht?«

Delić setzte ein bescheidenes Lächeln auf: »Ich würde nicht so weit gehen, so etwas von mir zu behaupten, aber ich meine denn doch, daß ich einen sehr weitläufigen Bekanntenkreis habe. Wie dem auch sei, Munjaković, fürchte ich, wird uns auch nicht von besonderem Nutzen sein. Ein alter Säufer, den niemand ernst nimmt. Aber wer weiß, vielleicht hat er ja zufällig mitbekommen, mit wem sich Jovanović hier so getroffen hat in letzter Zeit, mit wem er gesprochen hat. Mit etwas Glück bringt er uns ..., Pardon, die Exekutive auf die richtige Spur.«

»Gut, dann teilen wir uns auf. Ich bringe Andrina nach Hause, und du fühlst mal Mister Munjaković auf den Zahn«, erklärte Habib.

»Geht klar. Wo wohnt der Kerl, Andrina?«

»Verzeihen Sie, daß ich Sie unterbreche«, ließ sich Delić vernehmen, »aber müßten Sie nicht seit geraumer Zeit im Makedonija sein?«

»Fuck! Die Verabredung mit Črn-jato-vić! Die habe ich ja ganz vergessen! Ich muß da schleunigst hin!«

»Wenn ich Ihnen einen Vorschlag unterbreiten dürfte«, setzte Delić fort, »was halten Sie davon, wenn Sie, Fräulein Habib, Fräulein Andrina nach Hause geleiten, Herr Drake sich zum Abendessen begibt und ich Munjaković aufsuche. Es ist ohnehin lange her, daß ich ihm zuletzt einen Besuch abstattete. Was halten Sie davon?«

Habib überlegte einen Augenblick: »Solange Sie sich nicht Amtsgewalt anmaßen, dürfte es dagegen wohl keine Einwände geben.«

»Fein, dann machen wir es so. Jetzt sollten wir aber keine Zeit mehr verlieren, sonst verkühlt sich Fräulein Andrina noch.«

Gemeinsam brachten Drake und Habib Andrina zum Wagen. Delić nahm die Autoschlüssel von Božidar an sich. »Keine Angst«, sagte er zu der skeptisch dreinblickenden Habib, »ich borge mir den Wagen nur aus. Ich denke, er hat keine Einwände dagegen, und außerdem bringe ich ihn ja praktisch zur Wohnung von Jovanović zurück.«

»Wo und wann treffen wir uns wieder?« fragte Drake.

»Wenn es Fräulein Andrina recht ist, dann sollten wir nach getaner Arbeit bei ihr in der Villa eintreffen, um unsere Ergebnisse auszutauschen.«

»Ist gut«, stöhnte Andrina, »immerhin will ich auch wissen, wie sich die Dinge weiterentwickeln.«

»Dann auf bald, srečno put, wie man bei uns sagt.«

»Ja, bye bye.«

»Ähm, au revoir.«

»Gott«, klagte Drake, »sind Sie auch eine, die das letzte Wort haben muß, Frau Habib?«

Habib sah Andrina an, dann wendeten beide ihr Gesicht Drake zu. »Na wenigstens kannst du wieder lachen«, gewann Drake der Situation auch eine positive Seite ab.

IX.

Unterwegs setzte Habib Drake bei der nächsten Station der U-Bahn ab, die entlang jenes Flüßchens, das einst der Stadt ihren Namen gegeben hatte, ins Zentrum führte. Drake schlenderte zum Bahnsteig und zündete sich dort eine Camel an, die zahlreichen Hinweise, im U-Bahn-Bereich sei das Rauchen nicht gestattet, bewußt ignorierend. Was wollten die Behörden denn auch machen? Ihn verhaften? Diese lächerlichen Rauchverbote, die auch und vor allem in seiner ursprünglichen Heimat immer mehr überhandnahmen, waren ihm ein richtiger Dorn im Auge und spornten ihn erst recht an, zum Glimmstengel zu greifen. Schon als Kind hatte er es gehaßt, wenn ihn irgendjemand bevormunden wollte. »Don't dare to patronize me«, hatte er in solchen Fällen gezischt, und es war ihm egal gewesen, ob es sich dabei um seinen Vater, den Headmaster oder irgendeine wohlmeinende Autoritätsperson anderen Zuschnitts gehandelt hatte. Jetzt war er fast 40 und noch viel weniger gewillt, sich von irgendjemandem etwas sagen zu lassen. Er mußte an seinen letzten Sidestep in die Normandie denken. Dort hatten sie noch viel rigidere Gesetze gegen das Rauchen ergriffen, war die Lage beinahe so schlimm wie in den US of fucking A, doch kein Franzose gab was drum. Die Flics ignorierten allfällige Verstöße bewußt, weil sie wußten, es würde ihnen kaum bekommen, wenn sie Einspruch erhoben, und wenn wirklich einmal irgendein Restaurant-Gast, meist ein Amerikaner, darüber Klage führte, daß der Wirt in seinem Etablissement nicht die Einhaltung des gesetzlichen Rauchverbotes überwachte, dann wurde er meist sehr schnell und ganz und gar nicht höflich aus dem Lokal gewiesen. Es war doch wirklich absurd. Statistisch gesehen erwarb in diesem Land jeder Staatsbürger vom neugeborenen Säugling bis zum komatösen Greis käuflich sieben Zigaretten am Tag, und der Finanzminister könnte die Einhaltung der Maastricht-Kriterien ohne die Einnahmen aus der Tabaksteuer sofort vergessen, und trotzdem gab es genug naseweise Ignoranten, die weiterhin einen mittelalterlich anmutenden Kreuzzug gegen die Raucher führten. Auch das Argument, die Raucher kosteten dem Staat in ihren späteren Jahren mehr durch die Gesundheitsfürsorge, war lächerlich, denn wenn es denn stimmte, daß Raucher, wie es auf den irischen »Major« so treffend hieß, »früher sterben«, dann entlasteten sie mithin auch die Pensionskasse, was angesichts der angespannten Lage der Pensionsversicherung mehr als nötig war, wollte man den Generationenvertrag noch weiterhin aufrechterhalten.

Gerade als Drake diesen Gedanken zu Ende gesponnen und die zu Ende gerauchte Camel auf die Geleise geschnippt hatte, fuhr endlich der Zug in die Station ein. Drake wuchtete seinen Körper in die Garnitur und ließ sich schwer auf eine der Sitzbänke plumpsen. Der Zug fuhr an, gewann an Geschwindigkeit, und die Lichter der Station flitzten draußen an den Fenstern vorbei, ehe die Waggons in der Dunkelheit des Tunnels verschwanden. Drake versuchte, sich auf das Treffen mit Črnjatović einzustellen. Gott, was er in den letzten Stunden erlebt hatte, verlangte eigentlich nach einigen Gläschen Craigallachie und weniger nach einer gepflegten Konversation. Was sollte er den Vereinsmeier überhaupt noch fragen? Die Lage schien verworrener denn je, und der Umstand, daß er, Drake, eben den Oberverdächtigen ins Jenseits befördert hatte, ließ seine Hände immer noch zittern. Sicher, er hatte gleichsam in Notwehr gehandelt und ohne Tötungsabsicht, und daß Habib, die erklärt hatte, sie werde die ganze Sache mit Milus regeln, bei dem Vorfall Zeugin war, ersparte ihm eine Menge unnötiger Fragen auf dem nächstbesten Revier. Rein rechtlich konnte ihm niemand etwas ans Zeug flicken, aber wie es in ihm drinnen aussah, darauf hatte keine Polizei und auch kein Geistlicher Einfluß. Das mußte er schon mit sich selbst ausmachen. Und je länger Drake die Ereignisse vor seinem geistigen Auge Revue passieren ließ, umso elender fühlte er sich.

Vielleicht war es sogar gut, daß er keine Zeit hatte, sich zurückzuziehen. Vielleicht lenkte das Treffen mit Črnjatović ihn sogar ab, denn, so wußte Drake, wenn er auch nur wenige Minuten länger an das Geschehene beim Ziegelteich dachte, dann würde er hemmungslos losflennen müssen. Er versuchte sich daran zu erinnern, wann er sich zuletzt so beschissen gefühlt hatte, aber er mußte weit, weit in die Vergangenheit zurückgehen, um einen solchen Moment in seinem Leben zu finden. Ja, als er in der Schule schwerst in Caroline verliebt gewesen war, die langmähnige Motorradbraut, da hatte er ähnlich gelitten. Aber damals hatte er wenigstens selbst ein reines Gewissen haben können. Caroline verschmähte ihn, aber er hatte dabei immerhin nichts Unrechtes getan. Jetzt aber hatte er ein Menschenleben ausgelöscht! So etwas mußte man erst einmal verdauen, verdammte Scheiße noch mal!

»Hey Opa, ist dir nicht gut?«

Drake fühlte sich aus seinen Gedanken gerissen und blickte auf. Ihm gegenüber saß ein Punkpärchen. Der blaßgesichtige und pickelübersäte Knabe mochte vielleicht 16, 17 Jahre alt sein, und das Mädchen war wohl noch jünger. Aber immerhin sahen sie ihn mit einem Ausdruck echter Besorgnis an. Instinktiv rieb sich Drake die Augen und stellte fest, daß sie tatsächlich feucht waren.

»Es ... ist nichts. Danke der Nachfrage«, krächzte er dann.

»Sollen wir die Rettung rufen?« erkundigte sich das Punkgirl.

»Ach was«, winkte Drake ab, dabei um Haltung bemüht, »alles was ich brauche ist Holidays in the Sun, und Never mind the Bollocks und so.«

»Hey, der Alte kennt die Pistols«, raunte der Junge. Drake bemühte sich um ein Lächeln. »Sogar persönlich«, meinte er dann. Der Junge zog eine Schnute: »Klar doch, Angeber.«

»Wirklich, ich arbeitete anno 1976 bei Malcolm McLaren in seiner Boutique. Ich bin Engländer, müßt ihr wissen.«

Die beiden machten eine nachdenkliche Miene. Sie schienen abzuschätzen, ob der Alte sie verlud oder nicht. »Echt?« ließ sich das Mädchen dann vernehmen.

»Klar doch, ich kannte Sid Vicious schon, da war er bloß der Chef des Pistols-Fanclubs und noch nicht der Bassist der Truppe. Netter

Kerl eigentlich, ein wenig überdreht vielleicht. Aber das waren wir damals wohl alle.« Drake erkannte, daß jene Station, bei der er aussteigen mußte, um ins Makedonija zu kommen, die nächste sein würde, und erhob sich. »Aber schön immerhin, daß es noch immer jemanden gibt, der das Fähnchen hochhält. Also nicht vergessen, Kids: Sid Vicious was innocent.« Dann zwängte er sich an dem Pärchen vorbei und zwinkerte ihnen noch einmal zu. Die beiden sahen unsicher zu ihm hin. Als Drake den Bahnsteig entlangschlurfte, schnalzte der Junge in der U-Bahn abschätzig mit der Zunge: »Spinner! Wenn der 1976 überhaupt in London war, dann bin ich ab morgen ein Raver!«

Drake hatte wieder Straßenniveau erreicht und sah sich dem alten Marktamt gegenüber, dessen Bedienstete heute darüber wachten, daß die Verkäufer des Trödlermarktes, der hier jeden Samstag seine Zelte aufschlug, niemanden übers Ohr hauten. Mit ein wenig Glück konnte man an den Ständen so manches Schnäppchen machen, man konnte aber auch ordentlich hinters Licht geführt werden. Doch Drake, dessen Büro sich gar nicht so weit von diesem Markt entfernt befand, ging niemals zu diesen Krämerversammlungen, er haßte diesen Massenauftrieb, und an Antiquitäten war er ohnehin nicht interessiert. Wozu also sollte er sich in das hektische Treiben stürzen?

Doch an diesem Abend war er ja ohnehin nicht hierhergekommen, um sich Marktstände zu besehen. Er überquerte also die Straße und lenkte seine Schritte in jene Seitengasse, in der sich das jugoslawische Lokal befand. Noch ehe er die Tür geöffnet hatte, schlugen ihm die schnellen Takte eines Kolos entgegen, und der Duft von Gegrilltem hing in der Luft. Mit einem Mal verspürte Drake unerträglichen Hunger. Entschlossen trat er ein und sah sich um.

Das Restaurant bestand aus drei Räumen, doch in keinem davon konnte er jenen epochalen Schnurrbart erspähen, für den Črnjatović so berühmt zu sein schien. Stattdessen stach ihm die gedrungene Gestalt von Janko Bondić ins Auge, der allein an einem Tisch saß und in die Lektüre eines Buches vertieft war. Irgendwie mußte er Drake doch bemerkt haben, denn plötzlich sah er von dem Buch auf, und auf seinem Gesicht machte sich ein Lächeln breit: »Ah, Herr Drake, Sie sind sicher auf der Suche nach Herrn Črnjatović, wie ich vermute?« Drake trat an Bondić heran und nickte.

»So setzen Sie sich doch, Herr Drake. Ich muß Sie leider enttäuschen. Herr Črnjatović hat hier eine gute Stunde auf Sie gewartet, aber nachdem Sie nicht und nicht erschienen sind, ist er schließlich wieder gegangen. Offensichtlich haben Sie sich in der Zeit geirrt, oder Sie wurden aufgehalten, denke ich.«

»Letzteres«, gab Drake knapp zurück, nachdem er sich hingesetzt hatte. Eilfertig war auch schon der Kellner zur Stelle, und Drake orderte ein großes Glas Sliwowitz und eine Speisekarte.

»Steht Ihre Verspätung mit dem Fall Slovac ein Verbindung?« fragte Bondić, als sich der Kellner wieder entfernt hatte.

»Ja«, sagte Drake.

»Und? Spannen Sie mich nicht auf die Folter! Irgendwelche neuen Erkenntnisse? Immerhin ist der gute Mladen ein alter Freund von mir!«

»Na ja«, begann Drake vorsichtig, »die Ermittlungen gehen jetzt in eine konkrete Richtung. Wir haben einen begründeten Verdacht. Aber es ergaben sich da gewisse Schwierigkeiten.«

»Gewisse Schwierigkeiten«, wiederholte Bondić, »das heißt, der oder die Verdächtige ist Ihnen entwischt.«

»So können man es nennen, ja«, dachte Drake an den Tod von Jovanović.

Der Kellner brachte den Sliwowitz und blieb erwartungsvoll stehen. Offensichtlich harrte er Drakes weiterer Bestellung. Doch Drake hatte noch nicht einmal die Speisekarte aufgeschlagen. »Wenn ich Ihnen eine Empfehlung geben dürfte, probieren Sie das Vešalica. Gegrillter Lungenbraten, eine echte Köstlichkeit. Und dazu würde ich an Ihrer Stelle ein Glas Vranac trinken, ein vollmundiger dalmatinischer Rotwein«, sagte Bondić, und Drake nickte nur: »Sie haben es gehört«, beschied er dem Kellner. Dieser entfernte sich wieder.

»Und die Entführer«, griff Bondić die Unterhaltung wieder auf, »haben sich immer noch nicht gemeldet?«

»Ehrlich gestanden glauben wir gar nicht mehr an eine Entführung. Wir nehmen vielmehr an, daß hier jemand nur eine Entführung vortäuschte. Und für diese These spricht vor allem, daß allgemein bekannt sein dürfte, daß Slovac nicht gerade zu den Reichen dieser Stadt zählt.«

»Keine Entführung? Was sollte es denn sonst sein«, zeigte sich Bondić interessiert.

»Eine gute Frage. Möglicherweise wurde Herr Slovac von irgendwelchen Fanatikern, äh, liquidiert. Irgendjemand hatte anscheinend eine Rechnung mit ihm zu begleichen. Und die ganze Sache mit der Entführung diente nur dazu, die Spuren zu verwischen. Während wir noch darauf gewartet haben, daß sich irgendjemand zu dieser Tat bekennt, sind die Täter schon über alle Berge, und jede Spur ist mittlerweile eiskalt.«

»Wirklich? Das wäre doch völlig untypisch, wenn Sie wissen, was ich meine. Solche Glaubensirre, die machen ihre Verbrechen doch, um auf sich aufmerksam zu machen. Die wollen in die Medien. Und wenn sie Slovac nur hätten umbringen wollen, dann hätten sie ihn einfach auf offener Straße erschossen. Man kennt das ja. Das schnell vorbeifahrende Auto, einmal kurz die Uzzi hochgerissen, und fertig ist die Sache. Die machen sich nicht die Mühe einer solchen Inszenierung. Denken Sie an die Russen-Mafia.«

»Ich gebe zu, das ist der schwache Punkt unserer Theorie. Aber wir haben festgestellt, daß Slovac keinerlei persönliche Feinde hatte. Und schon gar nicht solche, die zu einer derart umständlichen Vorgangsweise Zuflucht genommen hätten. Wer immer diese Tat zu verantworten hat, er hat sie lange geplant und die Durchführung profihaft in Szene gesetzt. Und eben dieser Umstand führt uns zu dem Schluß, daß hier doch größere Mächte dahinterstehen müssen als bloß irgendein verstörter Spinner.«

Erst jetzt fiel Drake auf, welches Buch Bondić neben sich liegen hatte. Es war »Erinnerung an das Nichts«, einer der Romane von Slovac.

»Sie lesen Slovac?« fragte er.

»Ja. Ich gebe zu, es war zuletzt schon eine hübsche Zeit her, daß ich mir eines seiner Werke zu Gemüte geführt habe. Erst durch dieses traurige Ereignis fühlte ich mich dazu veranlaßt, wieder einmal zu dieser Lektüre zu greifen. Ein sehr, sehr gut geschriebenes Buch. Beneidenswert. Wie Sie wissen, schreibe ich ja selbst ab und zu einen Roman, aber ...«

Drake zog die Augenbrauen hoch: »Ich wußte nicht, daß Sie selbst auch Schriftsteller sind. Ich dachte, Sie verfaßten nur Sachbücher. Reiseführer, Essays und solche Sachen.«

»Dann wäre ich wohl kaum in den Schriftstellerverband aufgenommen worden. Geschweige denn, daß man mich zu einem seiner führenden Repräsentanten gewählt hätte.«

»Ach ja. Auch wieder wahr.«

»Nun, wie auch immer. Unter Autoren herrscht naturgemäß immer eine gewisse Konkurrenz. Wer staubt die besten Verträge ab, wer verkauft die meisten Bücher und dergleichen mehr. Aber wenn jemand von uns Ruhm und Prominenz verdient, dann ist es ohne Frage Mladen. Ich gebe zu, manchmal beneide ich ihn um seinen Erfindungsreichtum. Er schöpft wirklich aus dem Vollen, wie man so schön sagt. Es ist eine Schande, daß man mit solchen Werken«, dabei klopfte Bondić auf den Deckel des Romans, »keine entsprechende Remuneration empfängt. In der Musikbranche etwa, da genügt ein seichtes Liedlein, welches zum sogenannten Hit wird, und schon hat der jeweilige Interpret ausgesorgt. Aber wir Schriftsteller! Nennen Sie mir nur einen hiesigen Gegenwartsautor, der wirklich standesgemäß von den Tantiemen seiner Bücher leben könnte.«

Verlegen zuckte Drake mit den Schultern.

»In Amerika, bitte«, fuhr Bondić fort, »da mag es möglich sein, daß Autoren gutes Geld machen. Der Grisham etwa, der Crichton oder der King, gut, die sind sicher sogar mehrfache Dollarmilliardäre. Aber hier in good old Europe? Vergessen Sie es. Gerade in der Wiege der Kultur zählt der Künstler wenig.«

»Tja, der Prophet gilt nichts im eigenen Lande«, ergänzte Drake. »Dabei umfaßt der deutsche Sprachraum gut und gern 100 Millionen potentielle Leser. Da sollte man doch glauben, daß sich ein ansprechender Schnitt machen ließe. Wenn nur jeder Tausendste ein bestimmtes Buch kaufen würde, dann käme man auf 100.000 Exemplare, ein absolute Superseller. Aber hierzulande muß man schon mehr als zufrieden sein, wenn man es mit einem Roman auf, sagen wir, 5.000 Stück verkaufte Auflage kommt. Ja, wenn Sie in einer Woche 500 Bände absetzen, dann sind Sie sogar schon reif für die Bestsellerliste. Erbärmlich. Und so etwas hält sich für eine Kulturnation. Da war ja meine alte Heimat ein wahres Paradies dagegen.«

»War denn da so ein Unterschied?« fragte Drake, während er das Besteck aus der Serviette auswickelte, nachdem ihm der Kellner eben sein Abendessen gebracht hatte.

»Die Slawen, müssen Sie wissen, haben ein vollkommen anderes Verhältnis zu ihren Schriftstellern als die Germanen. Den Russen etwa ist Alexander Puschkin ein wahrer Säulenheiliger. Und Sie werden in ganz Jugoslawien niemanden finden, der Ihnen nicht einige Zeilen eines Dichters zitieren könnte. Hierzulande überlebten bestenfalls ein paar banale Zitate à la ›Franz heißt die Kanaille‹, wobei Ihnen wohl niemand sagen könnte, aus welchem Werk diese Worte überhaupt stammen.«

»Schiller, ›Die Räuber‹?« versuchte es Drake.

»Gut, kaum jemand«, schränkte Bondić ein.

»Aber offensichtlich gibt es auch unter Ihren Landsleuten jemanden, der der Schriftstellerei nicht die von Ihnen behauptete generelle Verehrung entgegenbringt. Sonst hätte man sich ja kaum an Slovac vergriffen.«

»Tja, Ausnahmen gibt es immer. Puschkin wurde ja auch ermordet, wobei das Ganze als Duell getarnt wurde. Aber immerhin war der Mörder Puschkins ein Franzose. Wer weiß, vielleicht wurde auch Mladen von irgendjemandem Gewalt angetan, der gar nicht die gleiche Muttersprache spricht wie Mladen.«

Drake, der eben ein Stück Lungenbraten zum Munde führte, hielt in dieser Bewegung inne und blickte erstaunt drein. »Das allerdings«, meinte er dann, die volle Gabel wieder auf das Teller zurücklegend, »wäre eine völlig neue Hypothese. Ich muß zugeben, unter diesem Blickwinkel haben wir die Sache noch nicht betrachtet. Aber wenn es kein Jugoslawe war, dann könnte es überhaupt jeder sein. Eher würde man ein Stück Heu im sprichwörtlichen Stecknadelhaufen finden.«

»Eine Nadel im Heuhaufen.«

Drake schien verwirrt: »Wie bitte?«

»Eine Nadel im Heuhaufen. Es heißt, eine Nadel in einem Heuhaufen suchen«, belehrte ihn Bondić.

Drake verzog die Miene: »Kennen Sie die Bedeutung des Wortes Ironie, Herr Bondić?«

»Wenn Sie dieses Sprichwort absichtlich abgewandelt haben, dann war das Ergebnis aber nicht sonderlich originell«, meinte der so Angesprochene leicht pikiert.

»Na ja, de gustibus und so weiter«, lenkte Drake ein und widmete sich wieder dem Lungenbraten, »der Wein ist übrigens wirklich vorzüglich, wie Ihre gesamte Menüempfehlung meinen Geschmack punktgenau getroffen hat.« Bondić schien durch das Kompliment wieder einigermaßen besänftigt.

»Also, Herr Bondić«, faßte Drake zusammen, nachdem er die letzten Reste seine Abendessens mit dem Rotwein hinuntergespült hatte, »zu welchen Schlüssen kommen Sie nun vor dem Hintergrund der jüngsten Entwicklungen?«

»Ich würde mich nicht festlegen wollen. Wenn sich wirklich niemand zu diesem Übergriff bekennt, dann würde ich ausschließen, daß es sich um eine politisch motivierte Tat handelt. Ebenso unrealistisch ist ein ökonomisches Motiv. So gesehen könnte es in der Tat jeder gewesen sein. Ich fürchte«, seufzte Bondić, »Sie stehen wieder ganz am Anfang Ihrer Ermittlungen, Herr Drake.«

»Sie verstehen es wirklich, einem Mut zu machen, Herr Bondić«, maulte Drake, »sagen Sie bloß nicht, Sie haben keinen persönlichen Verdacht?«

»Ich gebe zu, den hatte ich bis vor kurzem. Ich wäre mir sicher gewesen, daß die Muslimfanatiker oder die Ustaši ihre Hände im Spiel haben. Aber die hätten sich auf jeden Fall gemeldet. Vielleicht nicht einmal bei der Familie Slovac, aber in jedem Fall bei den Medien. Die hätten irgendwelche Forderungen aufgestellt. Die Freilassung von Mitkämpfern, irgendwelche diplomatischen Aktionen, was weiß ich. Aber gemeldet hätten sich die. So aber bin ich, ich gebe es zu, ratlos.«

Drake steckte sich eine Zigarette an und blies resignierend den Rauch aus: »Na fein. Wie heißt es so schön: Mensch, ärgere dich nicht.«

Stanimir Delić lenkte Jovanovićs Wagen langsam durch die nächtlichen Straßen der Stadt. Er hatte keine Eile. Munjaković würde ihm nicht entschlüpfen. Vor einigen Jahren hätte es noch passieren können, daß Munjaković abends seine Unterkunft verließ, um in irgendeiner abgefuckten Absteige auf die Suche nach dem flüchtigen Glück zu gehen. Munjaković war nie eine große Nummer gewesen, weder beim Arbeiten noch sonstwo. Von Amts wegen hätte Delić nie mit ihm zu tun bekommen. Seines Wissens nach war Munjaković Anfang der 70er Jahre aus Jugoslawien abgewandert, und er war damals schon nicht mehr der Jüngste gewesen. Dem Bund der Kommunisten hatte Munjaković nicht angehört, wohl aber war er im Sozialistischen Verband des werktätigen Volkes Mitglied gewesen, der jugoslawischen Gewerkschaftsorganisation. Aber das sagte nicht allzu viel, dort war mehr oder weniger jeder Mitglied, der es sich mit der Obrigkeit nicht verscherzen und schlicht seine Ruhe haben wollte. Eine Zeit lang hatte er hier am Bau gearbeitet, doch je älter er wurde, desto mehr schien er sich um die Arbeit drücken zu wollen. Anscheinend hatte er irgendwann den Traum, sich in seiner alten Heimat am Ende seiner Tage ein Häuschen zu bauen, aufgegeben, um sich in der Folge nur noch treiben zu lassen. Er war dazu übergegangen, diversen lokalen Patriarchen kleine Zuliefererdienste zu machen, wodurch er sich einigermaßen über Wasser hielt. Genau dadurch war schließlich auch Delić auf Munjaković aufmerksam geworden, da er von den hiesigen Behörden beim Zigarettenschmuggel erwischt worden war. Und da er sich, einmal bei seinem Vergehen betreten, ziemlich lautstark Luft verschaffte, schlug der Fall dann sogar einige diplomatische Wellen, weil kurzfristig sogar seine Abschiebung erwogen worden war, und die jugoslawischen Behörden vom geplanten Vorgehen des Gastlandes informiert wurden. Zwar verlief die Angelegenheit damals im Sand, aber Delić, offiziell Attaché an der jugoslawischen Botschaft, zitierte Munjaković zu sich und erklärte ihm unumwunden, was ihn erwartete, wenn er noch einmal für einen solchen Aufruhr, den niemand brauchen konnte, sorgen sollte. Munjaković hatte kapiert und verhielt sich eine Weile ziemlich ruhig, ehe er einige Jahre später wegen einer Wirtshausschlägerei noch einmal den Weg in den Lokalteil diverser Tageszeitungen fand. Soweit sich Delić erinnern konnte, war es um eine Gunstgewerblerin gegangen, von der sich Munjaković übervorteilt gefühlt hatte. Als ihr Zuhälter darauf bestand, daß Munjaković dennoch den vollen Preis zahlen sollte, hatte der Jugoslawe zugeschlagen. Aber auch dieser Vorfall zeitigte keinerlei nennenswerte Konsequenzen.

Nun also, so schien es, hatte sich Munjaković mit Prvoslav Jovanović zusammengetan. Jovanović fiel eigentlich nicht mehr in Delićs Amtszeit, dazu war er zu jung gewesen. Dennoch wußte Delić, daß es sich bei Jovanović um einen Taugenichts, einen Tagedieb gehandelt hatte. Er war die ganze Zeit in irgendwelchen Kneipen herumgehangen und war keiner geregelten Arbeit nachgegangen. Der Schluß lag nahe, daß er seinen Lebensunterhalt durch unsaubere, krumme Geschäfte verdient hatte. Und davon mußte Munjaković wohl wissen. Deshalb konnte es nicht schaden, ihm gehörig auf den Zahn zu fühlen. Vielleicht konnte man ihm ja einen Deal vorschlagen. Man sah ihm diverse andere Vergehen nach, wenn er ausplauderte, was er über die Slovac-Sache wußte. Delić hatte das Fabriksareal erreicht und stellte den Motor ab. Er stieg aus und marschierte gemessenen Schritts auf den Wohnblock zu.

Bald war er an jenem Trakt angelangt, in dem sich die Unterkunft von Munjaković befand. Er besah sich die Sprechanlage und drückte sodann den entsprechenden Knopf.

»Božić, bist du das«, vernahm er die krächzende Stimme Munjakovićs. »Da«, replizierte er knapp. Der Summer ertönte, und die Tür ging auf. Delić stieg über einigen Unrat und kam an die Treppe. Langsam nahm er Stufe um Stufe, sich dabei möglichst an der Wand haltend und beständig nach oben blickend, um Munjaković nicht vorab zu warnen, sollte dieser ins Stiegenhaus kommen und Ausschau halten. Doch Munjaković ließ sich nicht blicken. Bald schon war Delić bei der Wohnungstür angelangt und öffnete sie vorsichtig. Der unangenehme Geruch von im Vorzimmer gestapeltem Unrat schlug ihm entgegen. Linker Hand befand sich eine Kochnische, in deren Spüle sich ungewaschenes Geschirr befand, das dort schon seit mehreren Tagen lagern mußte. Die Wohnung war unbeleuchtet, doch drangen aus dem nächsten Zimmer einige Lichtblitze. Die lauten Stimmen bedeuteten Delić, daß Munjaković wohl fernsah. Umso besser, dachte Delić. Sein Widerpart sollte leicht zu überraschen sein. Delić richtete noch einmal seinen Mantel und trat dann ein.

»Was zum Teufel«, fluchte Munjaković, als sich Delić vor den Fernsehapparat stellte. Erst auf den zweiten Blick erkannte Munjaković, wen er vor sich hatte. Augenblicklich wurde er unsicher. Klar, ging es Delić durch den Kopf, immerhin konnte Munjaković ja nicht wissen, über wieviel Macht Delić noch verfügte. Doch daß er, Delić, hier einfach so allein hereinmarschierte, mußte ihn sehr sicher erscheinen lassen. Offensichtlich war Munjaković auch dieser Ansicht, denn er setzte sich abrupt auf und blickte verstört umher.

»Was …, was wollen Sie?«

»Mich mit dir unterhalten, Prvoslav«, sagte Delić leise und zog sich einen Stuhl heran, auf dem eine halbleere Bierflasche und ein Karton, in dem einst eine Pizza gewesen war, standen. Delić hielt den Stuhl kurz schief, sodaß Flasche und Karton von der Sitzfläche rutschten. Scheppernd fiel das Bier auf den Boden, und der Inhalt der Flasche ergoß sich gurgelnd auf die Bohlen. Delić beobachtete diesen Vorgang kurz, dann setzte er sich nieder und blickte Munjaković lange schweigend in die Augen. Dessen Pupillen flatterten nervös hin und her.

»Also, Prvoslav, was weißt du über die Slovac-Sache?«

»Wovon reden Sie? Ich verstehe Sie nicht«, stammelte Munjaković.

»Prvoslav! Jetzt enttäuschst du mich aber. Ich hätte dich für klüger gehalten. Du weißt ganz genau, wovon ich spreche.«

»Ich würde Ihnen ja wirklich gerne helfen, aber ich weiß wirklich nicht, worauf Sie hinauswollen. Ich bin alt geworden und ruhig. Ich bin in überhaupt nichts mehr verwickelt. Das können Sie mir ruhig glauben.«

»Tja, Prvoslav, das mag stimmen. Genauso gut aber kann es sein, daß du mich anlügst. Und das kann ich nun einmal ganz und gar nicht vertragen, weißt du.« Ansatzlos ließ Delić seinen Ellbogen nach hinten schnellen, womit er den Fernseher von seinem kleinen Tischchen beförderte. Krachend fiel er nach hinten und in der Folge aus. Mit einem Mal war es völlig dunkel im Raum. Und still. Delić holte ein Feuerzeug aus seiner Manteltasche und steckte den Pizzakarton in Brand. Matt wurde das Zimmer von den aufzüngelnden Flammen erleuchtet. »Wir wollen einander doch sehen, oder?« meinte Delić.

Munjaković sprang auf, drehte den Lichtschalter und schüttete den Inhalt seines Bierglases in die Flammen. »Wollen Sie mich abfackeln, oder was!« schrie er in Panik.

»Jedenfalls nicht, solange ich nicht erfahren habe, was ich wissen will«, entgegnete Delić.

»Verflucht, ich habe Ihnen schon gesagt, daß ich keine Ahnung habe. Von nichts! Hören Sie! Von nichts!«

»Gehen wir die Sache einfach von Anfang an durch. Hat zum Beispiel irgendjemand in letzter Zeit Božidar Jovanovićs Dienste in Anspruch genommen?«

»Ich bin doch nicht seine Amme. Woher soll ich das wissen?«

»Na, vielleicht hast du ja irgendwelche Anrufe für ihn entgegengenommen. Oder vielleicht hat er mit dir darüber gesprochen. Vielleicht hatte Božidar auf einmal mehr Geld als üblich und hat dich auf irgendetwas eingeladen. Vielleicht auf diese Pizza hier. Komm schon, erinnere dich.«

Munjaković, der endlich die Flammen gelöscht hatte, stand verlegen im Raum herum. »Glauben Sie mir«, gab er seiner Stimme einen versucht versöhnlichen Klang, »ich will mir doch keine Schwierigkeiten einhandeln. Nicht auf meine alten Tage. Wenn ich Ihnen irgendwie behilflich sein könnte, dann würde ich keinen Augenblick zögern. Aber so leid es mir tut, ich bin vollkommen unwissend.«

Delić seufzte und stand auf. Er pflanzte sich unmittelbar vor Munjaković, der immer nervöser wurde. Delić musterte das Gesicht seines Gegenübers, um dann ohne Vorwarnung seine Rechte in Munjakovićs Brust zu versenken. Munjaković schrie kurz auf und sackte dann zusammen. Wimmernd kam er am Boden zu liegen.

»Ich hatte gehofft, das nicht mehr tun zu müssen, aber du läßt mir ja keine Wahl. Ich erfahre, was ich wissen will. So oder so. Also wäre es klüger, sich zu erinnern, bevor ich endgültig ungemütlich werde.«

»Wenn ich rede«, flapste Munjaković, »dann macht mich Božidar fertig. Und wenn ich nicht rede, Sie. Dabei habe ich überhaupt nichts getan. Warum lassen Sie mich nicht in Ruhe. Ich bin ein alter Mann, und ich bin krank.«

»Vor ein paar Stunden wolltest du doch noch Billard spielen«, brachte Delić Andrinas Information, die er am Teich erhalten hatte, vor.

»Woher wollen Sie das wissen?«

»Von der schönen Blondine, die nach Božidar fragte.«

»Die kennen Sie?«

»Ja. Aber Božidar kenne ich nicht mehr. Der ist nämlich tot. Also brauchst du dich nicht mehr vor ihm zu fürchten. Dafür aber umso mehr vor mir. Also rede endlich, denn ich verliere langsam die Geduld.«

»Božidar ist tot?« stammelte Munjaković ungläubig.

»Ja, er wurde an seinem Ziegelteich erschossen, als er sich der hiesigen Polizei widersetzte. Die hatte ihn nämlich auch schon wegen der Slovac-Sache auf dem Kieker. Und glaube mir, lange wird es nicht dauern, bis die auch herausfinden, daß du bei ihm wohnst. Und dann befragen die dich. Und das wird noch viel unangenehmer. Du wirst als Verbrecher in die Heimat abgeschoben. Du bringst Schande über deine Familie und dein ganzes Dorf. Jeder wird vor dir ausspucken, niemand wird dich mehr beherbergen, du wirst ein Ausgestoßener sein. Ich bin der einzige, der dir noch helfen kann. Also rede endlich.«

Munjaković robbte zur Wand und zog sich in eine sitzende Position hoch. Dann wischte er sich den Schweiß von der Stirn. »Hören Sie«, begann er, »ich weiß nur, daß vor einigen Tagen jemand Božidar sprechen wollte. Am Telefon. Er bot ihm eine hübsche Summe, wenn er diesen Schriftsteller entführt. Božidar hat mir die Hälfte angeboten, wenn ich ihm helfen würde, diesen Mann zu kidnappen. Wir betäubten ihn und schleppten ihn in Božić Lieferwagen. Dann brachten wir ihn in den Wald draußen im Westen. Dort stellten wir den Wagen ab und fuhren mit einem Pendlerzug wieder in die Stadt zurück. Ich weiß aber weder, wer Božidar diesen Auftrag gab, noch wer den Wagen abholte. Ich weiß nur, daß das Auto am nächsten Morgen wieder vor unserer Tür stand. Weiter hatte ich mit der ganzen Sache nichts zu tun. Ich habe nicht einmal einen lumpigen Dinar gesehen, denn Božidar wollte mir meinen Anteil erst heute abend mitbringen, weil er sich erst heute mit seinem Auftraggeber treffen sollte. Sie sehen also, ich bin Ihnen wirklich keine Hilfe.«

»Das ist noch nicht heraus. Hast du den Anruf entgegengenommen?«

»Ja, aber ich kannte die Stimme des Anrufers nicht, wenn Sie das meinen.«

»Das kann schon sein. Aber du wirst mir doch etwas über diese Stimme erzählen können. War sie männlich oder weiblich, klang sie jung oder alt, welche Sprache verwendete der Anrufer, hatte er einen Akzent? Diese Dinge.«

»Eine eher ältere, männliche Stimme. Und der Mann sprach bestes Serbokroatisch. Vollkommen ohne Dialekt. Er konnte aus Belgrad genauso gut sein wie aus Priština oder Niš. Aber ich bin mir relativ sicher, daß er Serbe war. Vielleicht auch ein Serbe aus Bosnien oder aus Slawonien. Aber am ehesten würde ich auf Belgrad tippen. Er sprach so gewählt. Beinahe so ... wie Sie.«

»Sehr witzig. Jedenfalls bist du dir sicher, daß es kein Kroate war?«

»Ziemlich. Ich habe zwar in meinem Leben nicht oft mit Kroaten zu tun gehabt, aber die Sprache des Anrufers schien mir sehr vertraut, fast so, wie ich sie früher immer in Radio Belgrad hörte.«

»Gut. Und wo habt ihr den Wagen genau abgestellt?«

»In der Nähe des alten Sanatoriums. Nicht weit von der Bahnlinie.«

Delić zog eine Havanna-Zigarre aus seiner Manteltasche und warf sie Munjaković hin: »Danke, du hast mir schließlich ja doch geholfen. Aber eines sage ich dir, wenn deine Informationen sich als falsch herausstellen sollten, dann komme ich wieder. Und zwar nicht mehr allein. Und meine Untergebenen sind weit weniger zartfühlend als ich es bin. Du wirst dir dann wünschen, nie geboren worden zu sein. Hast du verstanden?«

Munjaković schniefte und setzte zu einem Kopfnicken an. Doch Delić beachtete ihn nicht mehr. Er hatte sich schon wieder der Wohnungstür zugewandt und verließ den Raum.

Andrina wußte, daß sie ziemlich derangiert aussehen mußte, und doch erschrak sie einigermaßen über Lindas Reaktion. »Gute Güte«, rief diese, als Habib Andrina im Wohnzimmer ablud, »was ist denn mit dir passiert?«

»Ach nichts«, winkte Andrina müde ab, »halb so wild.«

»Halb so wild?« ließ sich Habib vernehmen, »sie wäre nur um ein Haar erschossen worden, aber sonst ist wirklich rein gar nichts passiert.«

Auf Lindas Mund formte sich ein großes O.

»Meine Guteste! Könntest du den Moment des Erstaunens etwas abkürzen? Ich glaube, deine Freundin könnte jetzt einen Schluck heißen Tee gebrauchen.«

»Ich finde das ja wirklich toll«, schüttelte Andrina Habibs Arm ab, »wie du dich um mich kümmerst, Maggie. Aber es ist vorbei, ich bin okay, und wir brauchen daher nicht mehr in irgendeine Hysterie verfallen.«

Dem O-Ausdruck auf Lindas Mund folgte nun der O-Ton.

»Reg dich ab, Linda. Es gibt keinen Grund zur Besorgnis. Es ist noch alles dran an mir, nur meine Beine zittern mir ein wenig. Das ist alles. Ein heißes Bad, und ich bin wieder auf dem Damm.«

»Ich lass dir sofort die Wanne ein«, kam nun in Linda wieder Bewegung, »und dann koche ich dir Tee.«

»Und ich werde Oberst Milus über die jüngsten Ereignisse in Kenntnis setzen«, ließ sich Habib vernehmen. Andrina ließ sich auf ihre Couch fallen und starrte geistesabwesend vor sich hin, während Habib an ihrem Handy herumhantierte.

Linda war in der Zwischenzeit nach oben gelaufen und hatte den Heißwasserhahn aufgedreht. Dann sprintete sie in die Küche und schaltete den Wasserkocher ein. Sie hantelte die Teekanne aus dem Regal und suchte nach einer kräftigen Kräutermischung. Sie entschied sich schließlich für Zitronenmelisse und gab die notwendige Portion in das Tee-Ei. In der Zwischenzeit hatte das Wasser zu kochen begonnen, sodaß Linda die Kanne auffüllen konnte. Sie eilte die Treppe wieder hinauf und prüfte die Temperatur in der Badewanne. Diese lag zwar bei 39 bis 40 Grad, aber da es noch einige Minuten dauern würde, ehe Andrina sich in die Wanne begab, konnte dieses Resultat angehen. Und Linda eilte wieder ins Wohnzimmer. Sanft fuhr sie ihrer Freundin durch die Haare: »Das Bad ist fertig«, sagte sie zärtlich, »ich bring dir gleich den Tee rauf.«

Andrina erhob sich und zog ihre Lederjacke aus. Sie nickte Habib knapp zu und deutete nach oben. Im Badezimmer angekommen, öffnete sie den Gürtel ihrer Jeans und stieg sodann aus dem Kleidungsstück. Langsam leerte sie die diversen Taschen aus, ehe sie die Hose in den Wäschekorb beförderte. Ihr T-Shirt und ihr Slip folgten nur wenig später. Mit dem großen Zeh testete sie die Wärme des Wassers, um sodann in die Wanne zu steigen. Sie ließ die Hitze auf sich wirken, ehe sie in die Knie ging. Wieder wartete sie ein wenig zu, streckte dann, sich mit beiden Armen am Wannenrand abstützend, die Beine aus, um sich schließlich in eine sitzende Position zu begeben. Sie lehnte nun mit dem Rücken an der Emailwand, und das Wasser plätscherte ihr an die Brustwarzen. Allmählich ließ sich Andrina immer weiter sinken, und bald schon hatte die Wasseroberfläche ihren Hals erreicht. Der Wannenrand wirkte nun wie ein Kopfpolster, und Andrina schloß die Augen. Ruhen, einfach ruhen und all die schrecklichen Bilder vergessen, die ihr immer noch lebhaft in Erinnerung waren.

Sie hörte Linda gar nicht kommen. Erst als sie ihr einen Kuß auf die Stirn drückte, schlug Andrina die Augen wieder auf. »Ich hab dir deinen Tee gebracht«, lächelte Linda, »willst du, daß ich bei dir bleibe? Ich könnte dir den Nacken massieren.«

»Lieb von dir. Aber im Augenblick will ich, glaub ich, einfach nur ein bißchen dösen. Kümmere dich bitte um Maggie. Gemeinsam mit Henry hat sie mir das Leben gerettet.«

»Wenn der das wüßte!«

»Wenn wer was wüßte?«

»Na Opa Drake! Wenn der wüßte, daß du ihn Henry genannt hast. Der würde glatt zerspringen vor Freude. So weit hat er's ja noch nie gebracht.«

»Ja. Ich war sicher noch nie so dankbar dafür, daß es Henry gibt, wie heute abend. Er hat den Typen einfach umgenietet. Das hätte ich ihm nie zugetraut, weißt du. Er hat nachher zwar gemeint, er habe bloß auf seinen Arm gezielt, aber schon allein, daß er überhaupt geschossen hat. Ich meine, so etwas macht man ja nicht so einfach. Ich fand ihn in diesem Augenblick sehr mutig. Aber wehe, du sagst ihm das, hörst du! Sonst wird er mir noch größenwahnsinnig!« Der Anflug eines Lächelns zeigte sich nun auch auf Andrinas Gesicht.

»Keine Sorge, von mir erfährt Opa aus Prinzip nichts. Ich schau mal, wie's Maggie geht.«

Andrina war noch nicht aus dem Badezimmer zurückgekommen, und Linda und Habib vertrieben sich die Zeit damit, Karten zu spielen. Habib hatte Milus vom Stand der Dinge informiert und somit auch die Ereignisse am Ziegelteich erklärt. Einen entsprechenden Bericht, so meinte sie am Telefon, werde sie morgen nachliefern. Milus schien zwar ein wenig beunruhigt, aber letztlich blieb ihm nichts anderes übrig, als dem Team zu vertrauen.

Linda hatte eben wieder gewonnen, als es an der Tür läutete. »Nanu«, sagte sie, »Besuch, so spät am Abend. Das kann ja wohl nur Opa Drake sein.« Mit diesen Worten entschwand sie ins Vorzimmer, um dort die Eingangstür zu öffnen. Der Mann, der vor ihr stand, war zwar alt, aber er war mit Sicherheit nicht Arthur Cedric Henry Drake. Linda legte die Stirn kraus: »Ja?«

»Mein Name ist Stanimir Delić. Fräulein Habib müßte mich avisiert haben«, ließ sich der ältere Herr vernehmen. Linda trat einen Schritt zurück und rief einige Worte ins Wohnzimmer: »Maggie, da ist ein Herr Delić für dich.« Delić hatte seine Hände in den Taschen seines Astraganfellmantels vergraben und blickte Linda ruhig und gelassen an. Habib war in Bewegung gekommen. »Ja, ja, schon okay, Linda. Das ist ein guter Bekannter von Herrn Drake.«

»Ach ja, wohnen Sie auch im Altenheim?«

Delić machte Spocks bekannte Geste mit der Augenbraue nach: »Ich bitte um Verzeihung?«

»Machen Sie sich nichts draus, das ist Linda, die ist immer so«, begütigte Habib.

»Immer keß, immer kokett«, ahmte Linda grinsend einen Knicks nach. Delić verbeugte sich knapp in ihre Richtung, ehe er sich betont förmlich Habib zuwandte: »Wie ich sehe, sind Sie wohlbehalten hier angekommen. Geht es Fräulein Andrina einigermaßen?«

»Sie ruht sich ein wenig aus. Aber soweit ich es beurteilen kann, ist sie in Ordnung«, antwortete Habib.

»Es freut mich, das zu hören. Ist Herr Drake auch schon eingetroffen?«

»Bis jetzt haben wir noch keine Nachricht von ihm. Haben Sie Munjaković angetroffen?«

»Nicht nur das. Ich habe auch eine Information von ihm erhalten, der wir ehebaldigst nachgehen sollten. Freilich, des Nachts hätte es wenig Sinn aufzubrechen, aber ich würde denn doch dringend raten, sich morgen schon in aller Frühe auf den Weg zu machen.«

»Das wird Old Drakie aber gar nicht gefallen«, ließ sich Linda vernehmen, »der pennt doch immer bis zum Mittag.«

»Nun, dann wird er sich morgen ausnahmsweise einmal bequemen müssen, sich etwas früher als üblich zu erheben. Die Sache duldet keinen Aufschub mehr. Wer immer Jovanović für diese Entführung angeheuert hat, er wird spätestens morgen früh wissen, daß wir ihm auf den Fersen sind. Er wird erfahren, daß Jovanović tot ist, und er wird sich fragen, wann Jovanović starb, oder anders formuliert, er wird wissen wollen, ob Jovanović uns gegenüber noch gesungen hat. In jedem Fall wird er Schritte setzen, um seine Spur zu verwischen. Und daher ist ab sofort jede Stunde kostbar. Am besten wäre es, wenn wir kurz vor dem Morgengrauen loszögen, bevor unser Mann noch Gelegenheit hat, die Morgenblätter zu studieren. Unser Trumpf ist der Informationsrückstand unseres Gegners. Er muß sich in Sicherheit wiegen. Und mit dieser Sicherheit ist es spätestens dann vorbei, wenn er aus der Zeitung vom Tod Jovanovićs erfährt.«

»Dieser Argumentation ist nichts entgegenzuhalten«, stimmte Habib bei, »Herr Drake wird in der Tat von seinen üblichen Gewohnheiten Abstand nehmen müssen. Aber bis er kommt, können wir nur warten. Darf ich Ihnen in der Zwischenzeit eine Erfrischung anbieten, Herr Delić?«

»Danke der Nachfrage. Ein türkischer Kaffee wäre nett, wenn sich das einrichten ließe.«

»Laß nur«, winkte Linda ab, »ich mach' schon. Willst du auch einen Kaffee?«

»Ja, aber normal, wenn's geht.«

Während Linda in der Küche verschwand, geleitete Habib Delić ins Wohnzimmer. »Legen Sie diesen Mantel eigentlich nie ab, Herr Delić?«

»Den? Der ist so eine Art Markenzeichen geworden im Laufe der Jahre. Ich lege ihn eigentlich nur noch zu Hause oder beim Schlafen ab. Er hat schon gut und gern seine 40 Jahre auf dem Buckel, wie man so schön sagt, und er wirkt immer noch wie neu, finden Sie nicht?«

»Na ja, aber in unseren Tagen noch echten Pelz zu tragen ist doch einigermaßen unsensibel, oder nicht?«

»Ach, ich bin ein Mann, da sieht ohnehin niemand so genau hin. Und außerdem betrachtete man die Dinge vor vier Jahrzehnten denn doch etwas anders.«

Habib zuckte mit den Schultern: »Mich geht's ja nichts an. Ist ja schließlich nicht illegal. Jeder nach seiner Façon und so.« Delić lächelte milde und wandte sich der Couch zu. Er deutete mit einer vagen Geste der Hand auf die Sitzfläche: »Es spricht wohl nichts dagegen, wenn ich mich setze.«

»Nur zu«, entgegnete Habib, »wenn ich auch nicht die Hausherrin bin, wie Sie wissen. Aber ich kann mir kaum vorstellen, daß man es in diesem Haus an der nötigen Höflichkeit missen lassen würde.«

»Hat ihr die Sache sehr zugesetzt«, fragte Delić, nachdem er sich gesetzt hatte.

»Soweit ich das beurteilen kann, ist Andrina hart im Nehmen. Wiewohl sie noch so jung ist, hat sie schon viel erlebt. Ich denke nicht, daß sie so leicht etwas umwirft.«

»Immerhin hätte die Sache böse ausgehen können. Wenn Sie nicht so schnell geschaltet hätten, Fräulein Habib, dann fände die Polizei jetzt Andrinas Leiche anstelle der Jovanovićs.«

»Am besten wäre es gewesen, wenn überhaupt nichts passiert wäre. Dann könnten wir Jovanović jetzt in die Mangel nehmen, und in ein paar Stunden wüßten wir, wer Slovac entführt oder aber auf dem Gewissen hat.«

»Ich hätte an Drakes Stelle auch nicht anders gehandelt«, meinte Delić, »aber ich habe auch volles Verständnis für Ihre Haltung. Sie konnten ja nicht wissen, ob er eine Waffe in der Hand hielt oder nicht.«

Habib seufzte: »Ich mache ihm ja auch keinen Vorwurf, aber nun stehen wir wieder am Anfang. Und ich habe das Gefühl, die Zeit läuft uns davon. Mit jeder Stunde, die wir des Rätsels Lösung nicht näher kommen, sieht es schlechter um Slovac aus, fürchte ich. Ich will es ja gar nicht laut aussprechen, aber ich habe die Befürchtung, daß wir den Fall Slovac eigentlich schon längst als Mordsache behandeln müßten.«

»Einen Toten gibt es erst, wenn es auch eine Leiche gibt. Alte Polizistenweisheit. Und ich bin nach wie vor der Meinung, daß eine simple Ermordung von Slovac denn doch ganz anders vonstatten gegangen wäre. Nach dem, was wir bis jetzt wissen, können wir davon ausgehen, daß etwas völlig anderes dahintersteckt als bloß simple Rachsucht.«

»Sie haben ja leicht reden, Herr Delić. Soweit ich das beurteilen kann, hat Ihr Staat die Werke von Mladen Slovac ja auch nicht sonderlich geschätzt.«

»Wohl wahr, aber wir hätten uns nie an ihm vergriffen. Was, nebenbei bemerkt, keine große Schwierigkeit gewesen wäre. Hätten wir Slovac aus dem Weg räumen wollen, dann hätte er einen kleinen Unfall gehabt und aus.« Unterstützend schnippte Delić mit dem Finger. »Einfach so. Doch bei allem, was man gegen das alte Jugoslawien vorbringen kann, staatliche Willkür gestaltete sich dort nicht anders als hierzulande.«

Habib gab sich erstaunt: »Und was war dann mit Goli Otok. Oder mit Milovan Djilas?«

Delić hob die Augenbrauen: »Alle Achtung, Sie sind gut informiert.«

»Das lernt man hierzulande sogar in der Schule.«

»Wirklich? Na, dann wissen Sie wohl auch, daß Goli Otok in Zeiten einer Ausnahmesituation stattfand. Der BdKJ hatte Grund zu der Annahme, daß Stalin einen Putsch plante. Und um den von vornherein zu verhindern, kasernierte man alle potentiellen Aufrührer. Glauben Sie mir, so würde jeder Staat in einer ähnlichen Lage reagieren. Denken Sie etwa daran, wie sich die Engländer gegenüber den katholischen Nordiren benahmen. Und Deutschland in Zeiten der RAF-Hysterie war ja auch kein Honiglecken.«

»Bleibt immer noch Djilas.«

»Der wollte ja unbedingt den Märtyrer spielen. Ich weiß aus zuverlässiger Quelle, daß Präsident Tito ihm mehrfach anbot, einfach das Land zu verlassen. Doch Djilas träumte immer davon, Tito politisch beerben zu können. Er hat die Partei permanent herausgefordert, und irgendwann mußte die irgendwie reagieren.«

»Sie waren wohl selbst Kommunist, oder?«

»Daraus habe ich nie ein Hehl gemacht. Mein Vater kämpfte bei den Partisanen im Zweiten Weltkrieg, und Tito war der einzige, der den nationalistischen Fanatikern die Idee eines geeinten und brüderlichen Jugoslawien gegenüberstellte, in dem das Volk regiert und nicht mehr irgendwelche Großgrundbesitzer, Agas oder Popen. Ich halte es nach wie vor für eine Tragödie, daß sein Werk so schnell und nachhaltig zerstört wurde.«

»Ich will mich ja nicht auf das Feld der Politik vorwagen, aber es scheint mir, daß die verheißungsvolle Straße in Richtung Sozialismus von der Mehrheit der Jugoslawen als Sackgasse angesehen wurde.«

»Das kann durchaus sein, aber heutzutage werden Sie keinen vernünftigen Menschen mehr finden, der ernsthaft behauptet, daß es heute besser ist als zu Titos Zeiten.«

»Glaubt man Tuđman und Izetbegović, dann haben Sie mit dieser Behauptung unrecht, Herr Delić.«

»Ich sagte vernünftige Menschen.«

»Sie würden einen guten Politiker abgeben, Herr Delić, wissen Sie das?«

»Das ist aber nicht meine Absicht. Heute will ich nur noch ein guter Gärtner sein. Ich habe mir hinter meinem Haus einen kleinen Rosengarten angelegt, und ich bin schon gespannt, ob aus den Stirling-Rosen etwas wird.«

»Das sind die ohne Dornen, diese silbernen, oder?«

»Wieder richtig, was wissen Sie denn nicht, hmm?«

»Ach, da gab's einen Film darüber, ›Bed of Roses‹ hieß der. Mary Stuart Masterson und, ich glaube, Christian Slater.«

»Ach Kino! Da war ich auch schon lange nicht mehr.«

Delić schien an irgendetwas zu denken, und Habib hielt sich taktvoll zurück. Lautlos stand sie auf und ging zu Linda in die Küche. Dort dampfte der Kaffee vor sich hin. Habib schenkte sich ihren Espresso ein, während sie Delićs türkischen Kaffee in eine Tasse goß. Beladen mit den beiden Trinkgefäßen begab sie sich wieder ins Wohnzimmer. Sie durchquerte eben die Eingangshalle, als es an der Tür läutete. Linda steckte den Kopf aus dem Badezimmer. »Ich geh' schon«, rief sie von oben und hirschte die Stiegen abwärts, »das wird sicher Opa Drake sein. Zeit wird's ja allmählich.«

»Nehmen Sie noch zusätzlich Zucker, Herr Delić?« fragte Habib, nun wieder im Wohnzimmer.

»Ich denke, der Kaffee ist schon so in Ordnung, wie er ist«, replizierte Delić. Er hatte eben seinen ersten Schluck gemacht, als Linda ins Wohnzimmer kam. In ihrem Schlepptau befand sich ein ziemlich abgespannt wirkender Drake.

»Nun, Erfolg gehabt?« fragte Delić.

»Ich habe Črnjatović nicht mehr angetroffen«, erwiderte Drake und ließ sich schwerfällig auf einen Fauteuil plumpsen, »dafür war Bondić im Lokal.«

»Der Autor? Von dem habe ich auch schon lange nichts mehr gehört. Arbeitet der überhaupt noch?«

»Ich weiß nicht, er wurde mir von Toni Hirsch empfohlen. Er hat mich ein wenig gebrieft über die diversen Strömungen im gegenwärtigen Jugoslawien. Er scheint Anteil an der Angelegenheit zu nehmen, zumal Mladen Slovac und er ja alte Freunde sind.«

»Ja, die stammen beide aus der Vojvodina. So etwas verbindet. Lokalpatriotismus, Sie wissen schon. Und? Hat er etwas zu unseren Theorien beitragen können?«

»Nicht wirklich. Er schloß nur aus, daß eine politische Gruppe hinter der Tat steckt. Er meinte, die würden anders agieren.«

»Das sehe ich allerdings auch so«, nickte Delić, »aber vielleicht sollten wir uns einmal um Fräulein Andrina kümmern, ehe wir hier weitermachen.«

Drake war ein wenig beschämt, daß er nicht selbst auf diese Idee gekommen war und reagierte deshalb nur umso heftiger auf Delićs Bemerkung: »Ja genau, wie geht es ihr denn? Ist alles okay mit ihr? Hat sie sich wieder einigermaßen gefangen?«

»Sie ruht sich im Moment ein wenig aus. Aber ich kann sie ja einmal fragen, ob sie sich euch anschließen will«, meinte Linda.

»Sie sollte sich nicht übernehmen«, argumentierte Habib, »jeder, der sich eben noch einer solchen Situation gegenübersah, wäre ordentlich angeschlagen. Ich denke, wir hätten alle vollstes Verständnis, wenn sie sich aus dem Fall zurückziehen möchte.« Delić und Drake pflichteten Habib bei. Linda aber war schon wieder auf dem Weg ins obere Stockwerk: »Ich denke, das überlassen wir ihr selbst«, rief sie noch.

Andrina war in der Badewanne tatsächlich ein wenig eingeschlummert. Das warme Wasser tat ihr gut und wirkte beruhigend. Es gelang ihr, ihren Denkapparat auszuschalten, und so lag sie reichlich entspannt da, die grauenhaften Erlebnisse der letzten Stunden allmählich abschüttelnd. Andrina reagierte erst, als ihr Linda gefühlvoll den Hinterkopf streichelte.

»Drakie und Delić sind jetzt da, und sie wollen großen Kriegsrat halten. Sie lassen dich fragen, ob du dabei sein möchtest, wobei sie allerdings unisono erklärten, sie hätten vollstes Verständnis, wenn du aus der Sache aussteigen möchtest.«

»Aussteigen?« Andrina fuhr abrupt auf. »Jetzt? Wer immer in der Angelegenheit der große Übeltäter ist, er täuscht sich gewaltig, wenn er glaubt, er wird mich so leicht los. Natürlich will ich wissen, wie sich die Dinge entwickelt haben. Sei doch so gut und sag ihnen, ich bin in einer Minute unten.«

»Und du bist dir sicher, daß du dir das antun willst?« fragte Linda skeptisch.

»Glaub mir, ich muß das tun. Schon aus therapeutischen Gründen. Wenn ich mich jetzt ins Bockshorn jagen lasse, dann werde ich für den Rest meines Lebens ein Angstbündel sein. Nein, nein, ich muß da durch.«

»Wie du meinst.« Linda ging wieder nach draußen, hielt aber in der Tür noch einmal inne und drehte ihr Gesicht Andrina zu: »Aber ich möchte nicht, daß du dich noch einmal in Gefahr begibst. Ich liebe dich nämlich, meine Prinzessin. Und ich will, daß ich dich noch lange lieben kann.«

»Ich paß auf mich auf, versprochen.«

»Das will ich auch hoffen.« Entschlossen wandte sich Linda um und ging nach unten. Andrina wartete noch einen Augenblick, dann stieg sie aus der Wanne, trocknete sich ab, legte einen Bademantel an und folgte dann der Freundin ins Wohnzimmer. Dort hatte Delić nun seinen großen Auftritt. Er erzählte den anderen, was er durch Munjaković in Erfahrung gebracht hatte. »Und daher meine ich«, sagte er schließlich, »daß wir morgen in aller Frühe in den Wald nahe dem Sanatorium fahren und uns ganz altmodisch auf Spurensuche begeben.«

Drake zündete sich eine Camel an. »Gut. Nehmen wir einmal an, daß dieser Munjaković die Wahrheit sagt. Was bedeutet das für uns? Die Wahrscheinlichkeit wäre dann eine große, daß Slovac doch entführt wurde. Denn wozu bringt man jemand in einem Lieferwagen in ein Waldstück? Wohl kaum, um ihn dort einfach nur zu ermorden. Das wäre in seiner Wohnung viel leichter und auch unauffälliger gegangen. Dort aber gibt es mannigfache Möglichkeiten, ihn eine ganze Weile versteckt zu halten, vom aufgelassenen Sanatorium angefangen bis zur irgendwelchen Waldhöhlen. Wurde er aber entführt, dann stellt sich die dringende Frage, weshalb bislang noch niemand irgendwelche Forderungen aufgestellt hat. Oder, anders gefragt, wozu entführt man jemanden? In der Regel doch wohl deshalb, weil man Lösegeld erpressen will. Seltener beraubt man ihn der Freiheit, um irgendwelche politischen Forderungen erfüllt zu bekommen. Und letztlich gibt es da auch noch schlichten Menschenhandel. Doch diese Variante scheidet bei Slovac wohl gänzlich aus. Die betrifft mehr junge Mädchen, die irgendwohin in die Sklaverei, buchstäblich oder im übertragenen Sinn, verkauft werden, oder kleinen Kindern, die man reichen Adoptiveltern zuschanzt. Die klassische Entführung kommt aber, wie wir schon festgestellt haben, auch nicht wirklich in Frage, weil jeder, der Slovac auch nur oberflächlich kennt, wissen muß, daß der alte Knabe arm ist wie eine Kirchenmaus. Bleibt nur die politische Tat, wie wir es auch drehen und wenden.«

»Quod erat demonstrandum«, pflichtete ihm Andrina bei, die sich eng an Linda gekuschelt hatte.

»Ich will bestimmt nichts gegen Slovac gesagt haben«, meldete sich nun Habib zu Wort, »aber haben wir wirklich schon alle Möglichkeiten durchdacht? Ich meine, könnte es sein, daß er selbst seine Entführung inszeniert hat? Vielleicht gibt es da irgendeine Versicherungspolizze oder etwas in diese Richtung? Vielleicht wollte er den Verkauf seiner Bücher ankurbeln. So viel mediale Öffentlichkeit wie in den letzten Tagen hatte er doch seit 1991 nicht mehr. Oder er pokert um einen neuen, besser dotierten Verlagsvertrag. Derlei Optionen sollten wir immerhin erwägen, findet ihr nicht?«

»Theoretisch ist das richtig«, griff wieder Delić in die Diskussion ein, »aber im Fall Slovac können wir solche Überlegungen getrost vergessen. Der Mann – und ich kenne ihn seit nunmehr gut 40 Jahren – ist dermaßen integer, daß jede Vermutung, er selbst könnte Urheber der gegenständlichen Kalamitäten sein, beinahe geschmacklos anmutet. Nein, auch wenn ich derzeit keine bessere Theorie zu bieten habe, aber die eben vorgebrachte halte ich für völlig aus der Luft gegriffen und jeder Grundlage entbehrend.«

»Ich gebe zu, so ratlos war ich überhaupt noch nie«, schnalzte Drake mit der Zunge, »und ich war oft ratlos. Das sind die zähesten Ermittlungen, mit denen ich bislang betraut war.«

»Am klügsten wäre es wohl, wenn wir uns jetzt zur Ruhe begeben. Wir müssen morgen früh raus, und die Zeit sollten wir nutzen, die Causa zu überschlafen«, faßte Andrina die Disputation zusammen, um sodann die organisatorischen Details zu klären. »Ich werde den Wecker auf 5 Uhr stellen. Wir können uns dann noch ein kleines Frühstück gönnen, um beim ersten Morgengrauen on the road zu sein. Wenn es euch recht ist, werde ich unsere Schlafplätze wie folgt aufteilen. Ich übersiedle für die Nacht zu Linda ins Bett, dann kann Maggie mein Zimmer haben. Drake ist im Gästezimmer ohnehin schon so etwas wie ein Stammgast, und was Sie anbelangt, Herr Delić, so bieten sich da noch einige Ausweichmöglichkeiten.«

»Bemühen Sie sich nicht, Fräulein Andrina. Ich wäre es selbst gewohnt, auf dem Boden zu schlafen. Die Couch hier käme mir also gerade recht.«

»Es ist zwar nicht sonderlich gastfreundlich, aber wenn Sie sich damit begnügen könnten, dann müßten wir Sie nicht bei Lindas Eltern unterbringen.«

»Das geht schon in Ordnung, ich habe kein Problem damit.«

»Fein, dann ist das auch geklärt. Wir haben gerade noch vier Stunden, in denen sollten wir wirklich versuchen, uns ein wenig auszurasten. Daher wünsche ich jetzt allgemein gute Nacht.« Andrina erhob sich und bot Delić noch Bettzeug an, der jedoch meinte, er käme auch so klar. Er ziehe es vor, im Wohnzimmer noch ein wenig zu lesen, um sodann einfach ein bißchen zu dösen. Habib borgte sich ebenfalls einen Band aus der umfangreichen Bibliothek aus und ließ sich dann von Linda in Andrinas Zimmer führen, während sich Drake in die Küche zurückzog. Als Habib des Ambientes von Andrinas Zimmer gewahr wurde, legte sie den Bibliotheksband jedoch zur Seite und nahm stattdessen den Fotoband von Andrina und Linda zur Hand. Vor allem Andrinas Modebilder schienen ihr sehr gelungen zu sein. Fast wurde Habib ein wenig neidisch. Es mußte schon ein eigenes Gefühl sein, über einen Laufsteg zu schreiten. Sicher, auch Polizeiarbeit konnte spannend sein, aber von Glanz und Glitter war ein derartiger Job doch meilenweit entfernt. Habib ging zu Andrinas großem Spiegel hin, der frei im Raum stand und betrachtete sich kritisch. Sie hatte keine schlechte Figur, war vielleicht ein wenig zu klein, um in der Modelszene wirklich eine Chance zu haben, aber sonst wäre sie nicht ungeeignet, fand sie. Im Gegenteil, immer wieder war ihr von verschiedenen Seiten bedeutet worden, ihre großen dunklen Augen und ihr glänzendes rabenschwarzes Haar übten einen besonderen Reiz aus. Wenn da bloß nicht dieser Speck an den Hüften wäre, dachte Habib. Widerwillig griff sie in ihr Fleisch und verzog das Gesicht. In der Heimat ihrer Eltern wäre das kein Problem, dort hatte man ein ausgesprochenes Faible für fülligere Formen, aber die Modewelt zwischen Mailand und Paris stand eher auf Bohnenstangen, und zu solchen konnte sich Habib auch beim besten Willen nicht zählen.

Aber vielleicht sollte sie eine Kur beginnen. Just in cases. Mit 24 war man vielleicht noch nicht zu alt, um noch entdeckt zu werden. Wenn diese ganze Sache mit Slovac ausgestanden war, konnte sie ja vielleicht einmal ein paar Worte mit Andrina in dieser Angelegenheit wechseln. Nahe genug hatte man sich ja nun kennengelernt. Habib fand diesen Gedanken versöhnlich und legte sich, nun wieder zufrieden, schlafen.

In der Küche saß Drake und rauchte eine Camel. Vor ihm stand eine Flasche Talisker, der er aus Andrinas Bar hatte mitgehen lassen. Nach einem Tag wie diesem hatte er sich mehr als bloß ein Glas verdient, meinte er. Jetzt, da das Haus zur Ruhe gekommen war, kamen die Ereignisse vom Ziegelteich wieder in sein Gedächtnis zurück. Wie sollte er jemals mit dieser Erfahrung fertig werden? Er würde bestimmt sein Lebtag keine Waffe mehr anrühren können! Ob er irgendeinem Geistlichen gegenüber beichten und um eine entsprechende Buße bitten sollte? Sicher, rational ließ sich sein Verhalten nicht nur rechtfertigen, es mußte sogar als das einzig mögliche in der entsprechenden Situation angesehen werden. Aber seine emotionelle Seite sah die Dinge völlig anders. Seinerzeit, als er noch jung gewesen war, hatte ihm seine Schwester immer geraten, er sollte einfach drauflos heulen. Das würde die Sachlage zwar nicht ändern, aber hinterher fühle man sich leichter. Doch selbst wenn er es in diesem Augenblick gewollt hätte, ihm kamen einfach keine Tränen. Er saß einfach am Küchentisch, blickte starr vor sich hin und zog in regelmäßigen Abständen an der Camel. Erst als er sich die Finger verbrannte, merkte er, daß sie aufgeraucht war. Er dämpfte den Stummel aus, griff nach der Zigarettenschachtel, fingerte eine weitere Camel aus der Packung und steckte sie an. Nachdem er den ersten Rauch der neuen Zigarette ausgeblasen hatte, nahm er das Whiskeyglas und trank einen beachtlichen Schluck. Und er stellte fest, daß er auf dem besten Wege zu einer veritablen Lebenskrise war. Er fühlte sich hundeelend und tat sich allumfassend leid. Alles in ihm schrie nach einem Gespräch mit einem fürsorglichen Menschen, verschärfte doch die Stille im Haus seine momentane Stimmung. Und wieder nahm er einen großen Schluck.

Als ihm eben danach war, einfach markerschütternd loszuschreien, ging auf einmal die Küchentür auf. Verwirrt starrte Drake in die Richtung des Geräuschs. In der Dunkelheit des Raumes erkannte er Andrinas lange blonde Mähne nur andeutungsweise. Aber ihre leuchtenden Augen nahm er umso deutlicher wahr. »Hi«, krächzte er.

»Kannst du auch nicht schlafen«, fragte Andrina, nachdem sie sich zu ihm an den Tisch gesetzt hatte. Drake zuckte mit den Schultern. Wie selbstverständlich legte Andrina ihre Hand auf seinen Unterarm und streichelte diesen sanft. »Ich verdanke dir mein Leben«, sagte sie dann, »du warst heute mein großer Held, mein Knight in shining armour. Weißt du das?« Drake blies den Rauch der Zigarette aus und suchte mit seinem Blick Andrinas Augen. »Für dich würde ich doch alles tun«, flüsterte er und erhielt zur Antwort einen Druck von Andrinas Hand. Am liebsten hätte er sich an Andrinas Schulter geworfen und lauthals losgeschluchzt, wie ein kleines Kind. Doch Drake rang um Haltung. Zielstrebig griff er wieder nach dem Whiskey. Dieser brannte Drakes Kehle abwärts, sodaß sich derselben ein vernehmliches »Aargh« entrang.

»Allmählich wächst du mir ans Herz«, sagte Andrina, »aber komm jetzt deshalb bloß nicht auf blöde Gedanken.« Dabei stieß sie Drake aufmunternd in die Seite. Dieser bemühte sich um ein Lächeln, das gleichwohl reichlich zaghaft ausfiel.

»Weißt du«, setzte Andrina das Gespräch fort, »in der Schule hatte ich eine Lehrerin, der ich eigentlich recht viel verdanke. Und damals besaß ich so ein Stammbuch, du weißt schon, das gibt man Schulkollegen und Freunden, die dann irgendeinen Sinnspruch zu Papier bringen sollen. Das gab ich meiner Lehrerin, und die schrieb mir doch glatt einen Spruch vom ollen Schiller hinein: Groß ist, wer das Furchtbare überwindet. Erhaben, wer, selbst unterliegend, es nicht fürchtet. Ich finde, das ist doch ein ganz passables Motto für diesen unseren Fall, meinst du nicht?«

»Wenn ich es mir aussuchen kann, dann bin ich lieber groß als erhaben«, entgegnete Drake.

Andrina versuchte, an der Küchenuhr die Zeit zu erkennen. »Ich glaube, es geht auf 2 Uhr. Wenn wir morgen wirklich zum Sanatorium rausdüsen wollen, dann sollten wir doch versuchen, wenigstens ein wenig zu schlafen.« Sie knuddelte Drake freundschaftlich und drückte ihm, sehr zu seiner Überraschung, einen Kuß auf die Schläfe. Dann stand sie auf und wandte sich zum Gehen.

»Andrina?«

»Ja?«

»Es tut weh! Auch wenn ich weiß, daß es richtig war, und auch wenn ich weiß, daß ich dir damit geholfen habe, es tut einfach weh.«

»Ich weiß. Und das ist auch gut so. Denn sonst wärst du irgendein Psycho, und ich könnte deine heldenhafte Tat nicht so gutheißen, wie ich es jetzt tue. Mach dir keine Vorwürfe. Du konntest nicht anders handeln. Und niemand kann das anders sehen, als ich es sehe.«

»Abgesehen von Jovanović«, gab Drake zu bedenken.

»Der sieht ja nun überhaupt nichts mehr. Und hat ipso facto nun genug Gelegenheit, in der Hölle über seine Verbrechen nachzusinnen. Glaub mir, es ist schon okay, so wie's gekommen ist.«

Drake schluckte vernehmlich. Irgendwie gelang es ihm, ein »Danke« herauszubringen. Andrina wünschte ihm noch einmal eine gute Nacht und ging sodann wieder in Lindas Zimmer. Drake blieb in der Küche zurück und steckte sich noch eine Zigarette an. Schon seit frühester Jugend wußte er, daß Nächte, zumal einsame, verdammt lang sein konnten, und er hatte sich angewöhnt, sie in Zigaretten zu messen. Diese war eine 25-Camel-Nacht, denn so viele Zigaretten würde er geraucht haben, ehe endlich der neue Tag anbrechen würde. Drake hatte das Gefühl, er müsse sich gleich schneuzen. Entschlossen sog er den Inhalt seiner Nase hinauf und zitierte Macbeth: »I will not be afraid of death and bane!« Und als er sich schließlich im Gästezimmer ins Bett gelegt hatte, da wiederholte er für sich mehrmals »I will not be afraid«, ehe er tatsächlich in einen unruhigen Schlummer fiel. Andrina hingegen hatte sich ganz eng an Linda geschmiegt, deren ruhiger Atem auch Andrina allmählich entspannte. Sie sog den Duft der Haare ihrer Freundin ein und konzentrierte ihre Gedanken auf den letzten Strandurlaub mit Linda. Dort waren sie in der Sonne gelegen und hatten sich bräunen lassen. Andrina wurde immer wärmer und wärmer. Bald ging ihr Atem synchron mit jenem von Linda. Im Haus war nun endgültig Ruhe eingekehrt.

X.

Stanimir Delić klappte den Reisebericht von Benedikt Kuripešić zu und blickte auf die Uhr. Es war zehn vor fünf. Zeit, dachte er, Kaffee zuzustellen. Leise öffnete er die Tür zum Vorzimmer und sah sich um. Das ganze Haus lag in vordämmerlicher Dunkelheit. Gleichsam auf Zehenspitzen schlich er sich in die Küche. Nebenan, so wußte er, schlief Drake, und da Delić niemanden vor der Zeit wecken wollte, bemühte er sich bei seinen Verrichtungen um möglichst vollkommene Lautlosigkeit. Die Kaffeemaschine stand noch auf dem Herd, und Delić leerte den kalten Sud gewohnheitsmäßig in den Ausguß, hieß es doch, dies sei gut gegen eine allfällige Verstopfung. Sodann machte er sich auf die Suche nach dem Kaffee. In einem der Kästchen befand sich eine original verpackte Illy-Dose, doch Delić war überzeugt, daß es irgendwo auch noch offenen Kaffee geben mußte, und so begann er, die diversen anderen Dosen in der Küche zu durchstöbern. In den meisten befanden sich Teeblätter oder Gewürze, doch in einer blauen Blechdose wurde er fündig. Neugierig schnupperte er an dem Pulver, konnte sich jedoch nicht recht entscheiden, mit welcher Marke er hier konfrontiert war. Aus der Vorliebe der Hausbesitzerinnen schließend, neigte er dazu, auf Lavazza zu tippen, doch genauso gut konnte es sich um eine brasilianische Mischung handeln. Delić beschloß, sich beim Frühstück kundig zu machen. Einstweilen beschränkte er sich darauf, den Kaffee in die vorgesehene Vertiefung zu füllen, Wasser in die untere Kammer zu geben und die Maschine wieder zusammenzusetzen. Er zündete Feuer am Herd an und stellte die Maschine auf. Danach durchforstete er den Kühlschrank nach brauchbaren Nahrungsmitteln. Die Frauen, so meinte er, würden ihre Eier weichgekocht bevorzugen, während Drake wohl zweifelsohne Ham and Eggs präferieren würde. Gemäß dieser Überlegung ging Delić vor, ehe er Brot schnitt und Wurst, Käse, Tomaten und Paprika auf zwei Teller häufte. Er fand auch noch Lauch und Jungzwiebel, die er dem restlichen Gemüse beifügte, als eben aus dem ersten Stock die üblichen nervtötenden Geräusche eines Weckers zu vernehmen waren. Eilig transferierte Delić das Ergebnis seiner Bemühungen auf den Küchentisch, den er zuvor von den Überresten von Drakes nikotinschwangerem Besäufnis gesäubert hatte, und setzte sich sodann erwartungsvoll nieder.

Keine zwei Minuten später stand Maggie Habib in ordnungsgemäßer Adjustierung vor ihm. Spaßeshalber salutierte sie und meinte: »PC Habib meldet sich zum Dienst.« Beide mußten grinsen. Habib war ob des bereitstehenden Kaffees mehr als erfreut und delektierte sich sofort daran. Sie hatte noch keine zwei Schluck getan, als eine ziemlich verkatert wirkende Linda, bekleidet nur mit einem weißen Slip, den Personenkreis in der Küche erweiterte. Neidvoll betrachtete Habib die perfekten Konturen von Lindas Körper und beschloß für sich, die Gedanken der vorangegangenen Nacht als obsolet einzustufen. Linda wünschte gähnend einen guten Morgen und setzte sich schwerfällig zum Tisch. Habib beobachtete Delić aus den Augenwinkeln, fragte sie sich doch unwillkürlich, wie ein alter Mann auf ein Paar nackter Frauenbrüste reagieren würde. Doch auf Delić schien Lindas makellose Erscheinung keinerlei Eindruck zu machen. Mit galanter Selbstverständlichkeit schenkte er Linda Kaffee ein und belegte sich sodann eine Scheibe Brot mit ein wenig Käse und einer Paprikaschote. Er biß ein kleines Stück ab und kaute dann ohne Hast sorgsam und konzentriert. Und Habib gestand sich ein, daß nicht alle Männer sabbernde Geiferer waren.

Habib hatte den Gedankengang eben beendet, als Andrina zu dem Trio stieß. Auch ihr Outfit konnte durchaus als provozierend empfunden werden, bestand dieses doch nur aus einem knappen Slip und einem weißen Herrenhemd, welches offen um die Hüften flatterte, bei jeder Bewegung einen ziemlich umfassenden Blick auf ihren Busen freigebend. Habib war über die in diesem Hause herrschende Freizügigkeit ziemlich überrascht. Sie würde sich eine derartige Aufmachung nicht einmal dann gestatten, wenn sie mit ihrer Schwester allein in der Wohnung war. Aber bitte, dachte Habib dann bitter, die beiden konnten es sich ja leisten, aller Welt zu zeigen, womit Mutter Natur sie so gnadenreich beschenkt hatte.

Verwirrt blickte Habib auf. »Die Butter! Links neben Ihnen. Ist Ihnen nicht gut, Fräulein Habib?« Es war Delić, der sie um die Butter bat, buchstabierte Habib das an sie herangetragene Ansinnen für sich. »Äh, doch, ich ... ich war nur gerade mit meinen Gedanken woanders«, entschuldigte sie sich.

»Bei unserem Fall, will ich hoffen«, fügte Delić bei.

»Gottchen, könnt ihr nicht wenigstens während des Frühstücks so tun, als wärt ihr normale Menschen?« Demonstrativ gähnend streckte Linda ihren Oberkörper durch, umso alsogleich von Andrina mit einigen Streicheleinheiten begütigt zu werden: »Keine Sorge, Liebes, ich vergeß schon nicht auf dich. Aber im Augenblick ist die Lage wirklich ziemlich brenzlig. Ich verspreche dir, wenn wir das alles hinter uns haben, dann gönnen wir beide uns einen netten Urlaub am Meer, wir beide ganz allein. Und nichts und niemand wird uns stören.«

»Ach, das sagst du immer. Und dann kommt doch wieder ein neuer Fall dazwischen. Wir waren schon seit hundert Jahren nicht mehr in den Ferien!«

»100 Tage trifft es wohl eher«, stellte Andrina die richtigen Relationen wieder her.

»Das ist auch eine Ewigkeit!«

»Ich will diesen philosophischen Dialog ja in keiner Weise stören, aber wenn wir zur rechten Zeit an Ort und Stelle sein wollen, sollten wir uns allmählich sputen. Draußen geht bereits die Sonne auf. Meinen Sie nicht, daß man nun auch Herrn Drake endlich wecken sollte?«

»Sie haben recht, Herr Delić. Ich übernehme das.«

Andrina stand auf und ging in das Gästezimmer. Drake lag merkwürdig verrenkt quer über das Bett, wobei sein Kopf leicht über den Rand baumelte. Monotones Schnarchen drang an Andrinas Ohr. Einen Moment lang schüttelte sie fassungslos den Kopf, ehe sie daranging, Drake wieder ins Reich der Lebenden zurückzuholen.

»Wo bin ich? Im Paradies?« Als Drake endlich in einen Zustand gelangt war, der eine entfernte Ähnlichkeit mit Bewußtsein besaß, fiel sein schlaftrunkener Blick direkt auf Andrinas nackten Bauchnabel.

»So ähnlich«, entgegnete Andrina und wandte sich ab, »draußen gibt es noch Kaffee. Du hast noch zehn Minuten. Sonst mußt du nüchtern auf die Reise.«

Ein gurgelndes »Aaargh« entrang sich Drakes Kehle. Er machte keine Anstalten, sich zu erheben.

»Wenn du nicht in zwei Minuten am Küchentisch sitzt, komme ich mit einem Kübel Eiswasser«, schickte ihm Andrina noch eine eindeutige Botschaft, ehe sie wieder bei den anderen Platz nahm. »Keine gefährlichen Drohungen«, stöhnte Drake, »mir fällt ohnehin im Moment der Himmel auf den Kopf.«

»An deiner Stelle würde ich unter die Dusche gehen«, schrie Linda aus dem Nebenzimmer, und Drake kam zu dem Schluß, daß dies in der Tat seine einzige Chance sein würde, wenigstens halbwegs seine Umwelt wahrnehmen zu können. So schlurfte er also, nachdem er es endlich geschafft hatte, unsicher, aber doch auf beiden Beinen zu stehen, quer durch die Küche in Richtung Badezimmer. Zwischendurch grunzte er einige unartikulierte Laute, die man mit einigem guten Willen als »Guten Morgen« hätte deuten können. An der Treppe angelangt, machte er sich an den langen und beschwerlichen Aufstieg. Nach jeder zweiten Stufe rastete er ein wenig, sich krampfhaft am Geländer festhaltend. Und die Treppe schien kein Ende zu nehmen.

Erst als er Andrinas Stimme vernahm, die »Noch fünf Minuten« rief, kam wieder Bewegung in seinen schlappen Leib. Ächzend stieß er die Tür zur Dusche auf und drehte gedankenverloren an den Hähnen.

»Aah, Scheiße«, fluchte er, »das ist ja saukalt!«

»Na wenigstens sind Sie jetzt munter. Wir wären dann nämlich so weit. Wenn Sie sich also auch bequemen könnten.« Entsetzt über Delićs Gegenwart bedeckte Drake eilends sein Gemächt. »Wenn ich bitten dürfte, das ist eine sehr intime Situation«, stammelte Drake verdattert.

Delić ignorierte Drakes Indignation: »Fräulein Andrina bat mich, Ihnen diese Tasse Kaffee zu bringen, damit Sie sich zwischendurch den Magen füllen können, ehe wir aufbrechen. Sie haben noch zwei Minuten, läßt Sie Ihnen ausrichten.«

»Wie aufmerksam«, zischte Drake und tastete einigermaßen erbost nach dem Handtuch. Einmal trocken, legte Drake seine Kleidung an. Eine reichlich abgewetzte Stoffhose, darüber ein Leinenhemd. Bei dieser Gelegenheit riskierte er einen kurzen Blick in den Spiegel. Er sah wieder einmal besonders schauderhaft aus. Widerwillig grabschte er seinen Bauchspeck ab, um sich sodann demonstrativ die Zunge zu zeigen. »I am the walrus«, zitierte er die Beatles und wußte dabei nicht, ob er nun grinsen oder heulen sollte.

Von draußen hörte er das laute Tröten einer Autohupe. »Ja, verdammt! Ich komm ja schon.« Drake schnappte noch seine Schuhe, um sich sodann in das speckige Jackett zu zwängen. Keine Frage, er mußte endlich abnehmen, sonst würde er auch diese Überbekleidung nicht mehr zubringen. Innerlich hörte er schon Lindas Kommentar: »Abgebunden wie eine Wurst!«

Überraschenderweise hatte sich Andrina für den Pajero entschieden, der jahraus, jahrein in der Garage stand und eigentlich ihrem Vater gehörte. Des Erstaunlichen nicht genug, stellte Drake fest, daß es zwischen Andrina und Delić zu einem Kompromiß gekommen sein mußte, denn es war Habib, die am Steuer saß. Auf dem Beifahrersitz befand sich Delić, was bedeutete, daß Drake neben Andrina zu sitzen kommen würde. Andrina, die trotz der morgendlichen Kühle nichts am Leib trug als schwarze Jeans und das weiße Herrenhemd, war eben dabei, Linda heftigst zu küssen, als sie Drake aus dem Haus taumeln sah. Sie herzte Linda noch einmal, dann grinste sie Drake an: »Na, dann können wir ja endlich.«

»Ich kann nicht«, gab Drake zurück, »ich kann nie vor 10 Uhr vormittags. Da aber dafür regelmäßig. Wie die Uhr.«

Habib schickte sich an, Drake ob seiner Prahlerei zu tadeln, als Andrina abwinkte: »Ja, ja, ich weiß, es geht nichts über einen regelmäßigen Stuhlgang.«

»Eben drum.«

»Okay also«, lenkte Habib um, »alles einsteigen, der Zug fährt ab.«

»Den Weg zum Sanatorium kennen Sie«, fragte Delić, »gut, ich dirigiere Sie von dort aus weiter.« Linda winkte dem Wagen nach, als dieser aus der Ausfahrt fuhr und in die Straße einbog.

Die Autobahn hatte der Pajero rasch hinter sich gelassen, und nur wenig später kam das ehrwürdige Gemäuer des ehemaligen Sanatoriums zum Vorschein. Der Bau stammte noch aus Kaisers Zeiten, und wiewohl sich schon seit langem niemand für ihn zuständig fühlte, strahlte er immer noch eine gewisse Erhabenheit aus. Habib verlangsamte das Tempo und wartete auf Delićs Anweisungen. Dieser gab präzise und knapp die Fahrtrichtungsänderungen an, woraufhin sich das Quartett bald mitten im Wald befand. An einer Lichtung hieß Delić Habib anzuhalten und sprang aus dem Wagen. Er sah sich um, ging dann in die Knie und schien das Gras zu untersuchen. Mittlerweile waren auch die anderen drei ausgestiegen.

»Ich will ja nicht neugierig sein, aber was tun Sie da?« Drake hatte sich über Delić gebeugt.

»Ich versuche zu eruieren, wo der Wagen, in dem sich der entführte Slovac befand, geparkt wurde. Sehen Sie, hier ist das Gras umgeknickt. Und da«, deutete Delić auf eine aufgetrocknete Pfütze, »finden sich Reifenspuren. Keine Frage, hier hat er gestanden.«

»Na fein, und was sagt uns das?«

»Henry!« Andrina stütze mißbilligend die Hände in die Hüften.

»Nein, lassen Sie nur. So unrecht hat er nicht. Mit dieser Information allein kommen wir auch nicht sonderlich weit. Die Zeiten, wo man irgendwelche Spuren bis zum Ziel verfolgen konnte, sind wohl vorbei, fürchte ich.«

»Ja, schätzungsweise seit der Schneeschmelze«, ergänzte Drake trocken.

»Aber«, stand Delić nun wieder auf, »der Wagen war nicht gerade unauffällig. Immerhin ein Rettungsauto, zumindest dem Anschein nach. So ein Gefährt muß irgendwer bemerkt haben, zumal in einem verschlafenen Örtchen wie diesem. Es hilft nichts, wir müssen ausschwärmen und die nächsten Anrainer interviewen.«

Wie aufs Stichwort tauchte am gegenüberliegenden Ende der Lichtung ein Mann auf, der offensichtlich auf die Pirsch ging, wie seine geschulterte Büchse vermuten ließ. Drake winkte ihm zu: »Gott zum Gruße, werter Landmann!«

»Guten Tag.«

»Wir fragen uns gerade, geehrter Bauersmann, ob er uns nicht behilflich sein kann.«

»Wer?«

»Na er! Das heißt: Sie.«

»Was jetzt? Er oder sie?« In dem Jäger schien das Gefühl aufzusteigen, er werde verarscht.

»Was dieser Dumpfbeutel hier zu sagen versucht«, nahm Andrina Drake die Initiative ab, »wir würden gerne von Ihnen wissen, ob Ihnen hier vorgestern ein Rettungswagen aufgefallen ist, dessen Kennzeichen darauf hindeutete, daß er nicht einer lokalen Organisation gehört?«

Der Jäger schien nachzudenken: »Vorgestern? Nicht daß ich wüßte. Aber das muß nichts besagen, ich war die letzten paar Tage ans Haus gefesselt. Eine ziemlich hartnäckige Verkühlung, müssen Sie wissen«, taute der Jäger nun angesichts von Andrinas strahlendem Lächeln merklich auf.

»Hoffentlich geht es Ihnen mittlerweile besser«, zeigte sie denn auch gebührendes Mitgefühl, »aber sagen Sie, wenn sich hier im Ort etwas Ungewöhnliches ereignet, wer ist da in der Regel am besten informiert?«

»Sie suchen die Dorftratsche? Das ist leicht, gehen Sie zum Pfarrhof, der Mesner weiß einfach alles.«

»Sie haben uns sehr geholfen. Waidmanns Heil.«

»Waidmanns Dank. Noch einen schönen Tag.«

»Das wünschen wir Ihnen auch.« Und die Gruppe machte sich auf den Weg zurück in den Ort, während sich der Jäger buchstäblich in die Büsche schlug.

Der Pfarrhof war nicht zu übersehen, und Andrina betätigte die Klingel. Eine skeptisch dreinblickende Pfarrersköchin öffnete die Pforte. »Hochwürden ist nicht da, kommen Sie gegen 12 Uhr wieder«, quetschte sie unwillig hervor.

»Entschuldigung, aber wir würden gerne den Herrn Mesner sprechen, wenn's recht ist.«

»Franz«, plärrte nun die Köchin, »Besuch für dich. Von außerhalb!«

Langsam schlurfte nun ein ältliches Männchen durch den Flur und beäugte die wartende Gruppe argwöhnisch. »Was wollen Sie denn von mir?«

»Wir hätten da eine Frage. Ist Ihnen in den letzten drei Tagen ein Gefährt aufgefallen, das nicht in den Ort gehört?«

»Ja. Ihres«, gab der Mesner wahrheitsgemäß zurück.

»Und abgesehen von uns? Vielleicht ein weißer VW-Bus mit dem Kennzeichen der Hauptstadt?«

»Daran würde ich mich erinnern. Aber wissen Sie, hier fahren so oft Wägen aus der Stadt, daß man sich nicht alle merken kann, vor allem, seitdem so viele Hauptstädter hier eine Zweitwohnung genommen haben. Ist ja nicht weit. Manche pendeln sogar täglich zu ihrem Arbeitsplatz. Andere verwenden ihre Bleibe hier nur als Wochenenddomizil. Es ist halt nicht mehr so wie früher, als wir noch unter uns waren und jeder, der nicht hier hergehörte, sofort auffiel.«

»Gibt es viele Auswärtige hier?«

»Sie machen mittlerweile fast die Hälfte der Bevölkerung aus. Die meisten nimmt man schon gar nicht mehr wahr. Die gehören nun schon fast hierher.«

»Gibt es unter den Zuzüglern auch irgendwelche auffälligen Leute, solche, die besonders hervorstechen?«

»Freilich gibt es die. Wir haben einen Journalisten hier, der für ein großes Wochenmagazin schreibt. Dann gibt es einen Kleinkünstler, so einen Schauspieler, den man sogar ab und zu im Fernsehen sieht. Und dann ist da noch dieser Ex-Fußballer, der in der WM-Ausscheidung den entscheidenden Elfer verschossen hat. Der ist dann deswegen auch in Pension gegangen.«

»Aber es sind alles Landsleute sozusagen?« fragte Andrina weiter.

»Na ja, wir haben da dieses Flüchtlingsheim. Da wohnen einige Bosnier und ein paar Ugander, die auf ihre Abschiebung warten.«

»Sie meinen, auf den Bescheid, ob sie nun Asyl bekommen oder nicht.«

»Asyl? Wer bekommt denn in diesem Land Asyl? Nein, die dürfen da ein paar Wochen Ferien am Land machen, und dann werden sie wieder in ihre Heimat geschickt. Jedenfalls haben wir bislang noch keinen erlebt, der tatsächlich einen positiven Bescheid bekommen hätte. Es ist schon merkwürdig, immer wenn man sich einmal an ein bestimmtes Gesicht gewöhnt hat, wird der Betreffende wieder abgeholt und kommt nie wieder. Seit es dieses Heim gibt, hat sich keiner hier länger als sechs Wochen aufgehalten.«

»Können Sie sich an die Bosnier erinnern? War da irgendeine besondere Persönlichkeit dabei?«

»Das kann ich mir nicht vorstellen. Aber es gab hie und da ein paar, die recht offenherzig auf die Gemeindebürger zugingen. Andere beschränkten sich darauf, beim Jugoslawen vorbeizuschauen, ihm ihre Reverenz zu erweisen.«

»Beim Jugoslawen? Ist das ein Gasthaus?«

»Aber nein, das ist so ein älterer Herr, der hier vor einigen Jahren ein kleines Haus erworben hat und seitdem immer den Sommer hier verbringt. Ein sehr feiner Herr, man merkt es ihm eigentlich gar nicht an, daß er kein Hiesiger ist. Der geht sonntags sogar in die Messe.«

»Ein Katholik?«

»Na, sonst würde er wahrscheinlich nicht zur Messe gehen, oder?«

»Ein Kroate«, platzte es aus Drake heraus. »Ist der Mann Zahnarzt«, fragte er dann.

»Wir fragen uns alle, was er eigentlich tut. Diesbezüglich hüllt er sich stets in Schweigen. Manche vermuten ja, daß er schon in Pension ist, aber mir wirkt er dafür zu jung. Sie haben ihn übrigens knapp verpaßt. Vor ein paar Tagen war er noch hier.«

»Können Sie uns sagen, wo er wohnt, wenn er sich im Ort befindet?«

»Na klar, gleich da hinten«, deutete der Mesner in Richtung Sanatorium, »nahe dem Hügel. Dort hat er eine kleine Villa. Sehr ruhig, sehr abgeschieden, wie geschaffen für eine Oase der Erholung.«

»Danke, Sie haben uns sehr geholfen.«

»Bitte sehr, gern geschehen. Aber sagen Sie, ist es unhöflich, danach zu fragen, wer Sie eigentlich sind?«

»Wir sind Journalisten«, sagte Drake, »wir planen eine Serie über das Leben auf dem Land. Wir sammeln Einflüsse, Facts sozusagen, wissen Sie.«

»Ich verstehe, das muß ja sehr interessant sein.«

»Ja, sehr sogar. So sehr, daß wir uns nun leider verabschieden müssen. Wir wünschen Ihnen noch einen guten Tag.« Eilig entfernten sich die vier, während der Mesner maulend zurückblieb. Auf solche Leute hatte er gewartet. Kamen da aus dem Nichts, führten ein Verhör durch und zogen dann einfach wieder ab, ohne irgendwelche verwertbaren Informationen zu hinterlassen. Was sollte er nun am Wirtshaustisch verlauten lassen? Ärgerlich warf er die Haustür zu.

Mitten am Hauptplatz beratschlagten Andrina, Habib, Drake und Delić, was sie nun unternehmen sollten. »Also ich bin dafür, wir fahren zu diesem Haus und sehen uns einmal ein wenig um. Vielleicht finden wir ja dort eine Spur«, meinte Andrina.

Drake nickte: »Ganz sicher sogar. Wobei ich jetzt davon überzeugt bin, daß Pantelić unser Mann ist. Klar, die Ustaši haben sich an Slovac gerächt. Für mich ist der Fall sonnenklar.«

»Aber wenn wir nicht Nachschau halten, finden wir es nie heraus«, gab Delić zu bedenken. Drakes These fand er wenig überzeugend: »Glaubt mir, ich würde es wissen, wenn sich Pantelić eine solche Bleibe angeschafft hätte.«

»Aber wer sollte es denn sonst sein«, beharrte Drake, während die Gruppe zurück zum Wagen ging, »Ihre eigenen Leute sind doch alle orthodox, und dieser Imam, dieser Popović, der wird sich kaum in eine katholische Messe verirren. Außerdem paßt die Personenbeschreibung nicht auf ihn.«

»Na ja, lassen wir uns überraschen«, schlug Habib vor, »wir sehen uns einfach einmal um, und im Präsidium sehen wir dann nach, wer in diesem Haus gemeldet ist.«

»Gute Idee.«

XI.

Langsam glitt der Pajero über den unasphaltierten Weg. Nach einigen Kurven mündete der Pfad in einen kleinen Vorplatz, welcher auf der gegenüberliegenden Seite vom Zaun der Villa eingegrenzt wurde. Die vier stiegen aus und sahen sich um. Auf den ersten Blick schien das Haus verwaist zu sein. Neben dem Hauptgebäude befand sich eine Garage.

»Sieht nicht so aus, als wäre jemand zu Hause«, bemerkte Habib.

»Umso besser, dann können wir ja ein wenig Nachschau halten«, meinte Delić, der sich für sein Alter erstaunlich elegant über den Gartenzaun schwang. Der Rest folgte ihm nach einem kurzen Moment des Zögerns.

»Es ist abgesperrt. Wir können also nur einen Blick in die Fenster werfen«, stellte Drake fest.

»Wir können uns aber auch von drinnen ein Bild machen«, entgegnete Delić, der mit ein paar gekonnten Griffen das Eingangstor öffnete.

Das Untergeschoß der Villa bestand aus einer großen Küche, einer Speisekammer und einem Salon. Oben befanden sich vermutlich, wie wohl bei zahllosen vergleichbaren Gebäuden auch, die Schlafräume. Während die beiden Frauen die Küche durchstöberten, nahmen sich Delić und Drake das Wohnzimmer vor. Delić begann, die einzelnen Laden zu durchforsten, Drake hingegen stellte sich vor den Bücherkasten und besah sich die einzelnen Buchrücken. Er fand es durchaus erstaunlich, wie belesen jener Knabe war, der hier sein Domizil aufgeschlagen hatte. Überschlagsmäßig befanden sich hier gut und gerne 2000 Bände. »Nicht schlecht für ein Wochenendhaus, meinen Sie nicht?« sagte er in Richtung Delić. Dieser reagierte nicht, sondern suchte in professioneller Weise das Zimmer nach Hinweisen ab, die ihm den Besitzer dieses Anwesens verraten konnten. Drake wartete eine gewisse Zeit auf Antwort, zuckte dann mit den Schultern und ging die Bibliothek weiter durch. Mit einem Mal stutzte er: »Ob ihr's nun glaubt oder nicht, aber da stehen elf Werke von Slovac. Ich wußte gar nicht, daß der so viel geschrieben hat.«

»Slovac hat eine ganze Menge geschrieben«, bemerkte Delić leicht geistesabwesend, »wahrscheinlich einer der produktivsten Literaten der jüngeren Zeit.« Delić hielt inne und trat, nun doch interessiert, zu Drake hin. »Ich denke, nicht wenige Funktionäre meiner Heimat waren sogar ein wenig neidisch auf seine Kreativität. Vor allem, weil er sie nicht in den Dienst seiner und damit auch unserer Heimat stellte.«

»Na was nun«, entgegnete Drake, »waren sie nun neidisch, oder warfen sie ihm vor, Jugoslawien zu verraten?«

»Das geht doch beides perfekt zusammen, finden Sie nicht? Wir Marxisten nennen so etwas Dialektik.«

»Ach, ich dachte das wäre die Wissenschaft von den Slangs.«

»Drakie, deine Witze werden auch immer schaler.« Andrina war eben aus der Küche zurückgekehrt und wandte sich an die beiden Männer: »Tja, leider. Außer daß da drüben alles in penibelster Ordnung gehalten ist, läßt sich nichts Außergewöhnliches feststellen.«

»Immerhin wissen wir, daß unser Mann Buchliebhaber ist«, fuhr Drake fort.

»Und er kennt sich sehr gut in unserer Literatur aus«, ergänzte Delić, »hier, sehen Sie, Ivo Andrić. Daneben etliche Krležas, eine ausgewogene Zusammenstellung des Œvres von Danilo Kiš, sogar mit Werken, die bei uns, nun, nicht gerne gesehen wurden. Drei Romane von Dragan Velikić, sowohl in der serbokroatischen Originalausgabe als auch in der deutschen Übersetzung. Sogar Slowenen und Montenegriner besitzt unser Mann, hier, einige Arbeiten von Prežihov Voranc, und da Miodrag Bulatović.«

»Janko Bondić hat er auch hier stehen«, fiel Drake auf, »ich wußte gar nicht, daß der auch Romane schrieb.«

»Na, sonst hätte er kaum Vorsitzender des Schriftstellerverbandes werden können. Ich für meinen Teil habe seine Science-Fiction-Romane immer sehr genossen. Leider ist er in den letzten Jahren mehr und mehr dazu übergegangen, seine eigene Biographie zu stilisieren.

Früher hat er viel besser geschrieben, aber wer weiß, vielleicht sind ihm einfach die Ideen ausgegangen.«

»Apropos, Herr Delić, dieser Bondić. War er nun oder war er nicht?« Delić baute sich vor Drake auf und grinste breit. »Na ja, war ja nur 'ne Frage«, machte Drake einen Rückzieher.

In der Zwischenzeit war auch Habib wieder, von den anderen unbemerkt, ins Zimmer gekommen und hatte auf der Couch Platz genommen. Unvermutet begann sie zu sprechen: »Unser Mann heißt Janko.« Die anderen drehten sich abrupt zu ihr um und warteten auf eine Erklärung. »Und er kennt Slovac offensichtlich sehr gut«, fuhr sie fort und klappte das Buch, das sie aus dem Regal genommen hatte, wieder zu.

Sie genoß den Moment des Triumphs, ehe sie sich den anderen erklärte: »Ich tat das Naheliegendste. Wenn unser Mann hier wirklich etwas mit der Sache zu tun hat und gleichzeitig elf Bücher von Slovac besitzt, dann nehme ich diese Druckwerke also einmal näher in Augenschein. Ich schlage einen Roman auf und sehe nach, ob nicht zufällig eine Widmung enthalten ist. Und siehe da, in dem Buch ›Das schwarze Land‹ steht zu lesen: ›für meinen Freund Janko in inniger Verbundenheit. Mladen Slovac, 11.3.1971‹. Na bitte!«

Delić pfiff anerkennend: »Darauf hätte ich eigentlich auch kommen müssen. Gratuliere, Sie sind ein helles Köpfchen. Ich beginne Oberst Milus zu beneiden.«

»Mir kommt da ein merkwürdiger Verdacht«, flüsterte Drake kaum hörbar.

»Und der wäre?«

»Janko! Klingelt es da nicht bei euch?«

»Drakie, Jankos gibt es sicher viele in Jugoslawien. Zähl einmal die Johnnies bei dir zu Hause«, winkte Andrina ab.

»Ich hab zwar noch keinen blassen Schimmer, worin sein Motiv bestehen sollte, aber ich frage mich, weshalb Meister Bondić gestern in dem Lokal saß und sich so sehr für den Fortgang der Ermittlungen interessierte.«

»Weil er ein Freund von Slovac ist, natürlich«, hielt dem Andrina entgegen. Drake nahm Habib das Buch aus der Hand, schlug die Seite der Widmung auf und hielt sie Andrina unter die Nase: »Eben. Ein Freund!« Dann wandte er sich an Delić: »Sie sagten doch gerade, daß viele in Jugoslawien Slovac seinen Erfolg neideten. Könnte nicht auch Bondić zu diesen Neidern gehört haben?«

»Das scheint mir unwahrscheinlich. Bondić hatte in Jugoslawien sicher mehr Erfolg als Slovac. Der hatte keinen Grund zu Mißgunst und Übelwollen.«

»Hatte! Jugoslawien existiert nicht mehr, nun, zumindest Ihr Jugoslawien. Bondić lebt jetzt hier. Und hier ist er ein Unbekannter. Die Situation hat sich geändert. Schließlich nahm Bondić, wenn er es denn war, Slovac nicht in den 70ern oder 80ern aufs Korn, sondern jetzt.«

»Auf die Bekanntheit, die man durch ein Verbrechen erlangt, dürfte er keinen sonderlichen Wert legen, meine ich. Es tut mir leid, ich halte diese These für reichlich weit hergeholt. Nein, unser Mann hier mag Janko heißen, aber ich bin immer noch davon überzeugt, daß es sich bei ihm um einen Ustaša-Fanatiker handelt.«

»Außerdem«, ergänzte Andrina, »ist Bondić sicher nicht katholisch, oder? Also wird ihn der Mesner kaum in der Messe gesehen haben.« Habib nickte: »Das ist ein Punkt.« Drake kratzte sich an der Nase: »Gut, kennen Sie zufällig einen Ustaša-Führer oder auch nur einen Aktivisten, der Janko heißt?«

»Fran Miklosichs Bruder heißt Janko. Miklosich ist der Pfarrer der hiesigen Gemeinde. Und sein Bruder ist sicher ein ziemlicher Fanatiker. Aber es würde mich wundern, wenn er außer den Werken von Franjo Tuđman und der Bibel ein weiteres Buch sein Eigen nennen könnte.«

»Und wo finden wir diesen Herrn Miklosich?«

»Soviel ich weiß, wohnt er bei seinem Bruder in der Pfarre.«

»Vielleicht«, mischte sich nun wieder Andrina ein, »gehört dieses Haus ja auch dem Bruder. Pfarrer sind ja in der Regel nicht so unbelesen. Und Janko ist nur der, der hier öfter mal vorbeischaut.«

»Das heißt also, wir haben zwei Verdächtige«, ergriff wieder Drake das Wort, »Mr. Bondić und den Betbruder. Wir sind zu viert, naheliegenderweise sollten wir uns also teilen. Die einen fühlen dem Kroaten auf den Zahn, die anderen besuchen den Literaten.«

Erwartungsvoll blickte Drake in die Runde, doch die Reaktion fiel mehr als mager aus. »Hat jemand einen besseren Vorschlag?« knurrte er. »Wir könnten uns ganz schön blamieren«, gab Habib zu bedenken, »stellen Sie sich vor, was für diplomatische Verwicklungen das auslösen könnte. Nichts gegen Sie, Herr Delić, Sie sind mir in den letzten beiden Tagen beinahe ans Herz gewachsen, aber wenn irgendjemand davon Wind bekommt, daß sich die hiesige Polizei eines hochrangigen Offiziers aus Jugoslawien bedient, um dem Bruder des kroatischen Pfarrers einige Fragen zu stellen, dann zeigt uns sogar die OSZE die Zähne.«

»Schon wieder mitgedacht«, gab Delić zu, »ich fürchte, ich kann Ihnen derzeit nicht wirklich von Nutzen sein. Es ist, so oder so, wohl am besten, wenn ich mich wieder aus der ersten Linie zurückziehe. Natürlich hätte ich großes Interesse daran, zu erfahren, wie die Sache nun weitergeht, aber ich vertraue darauf, daß Sie mich vom Ausgang der Ermittlungen informieren werden. Sie wissen ja schließlich, wo Sie mich finden. Ich werde also in der nächsten Runde aussetzen.«

»Akzeptiert. Vor diesem Hintergrund schlage ich vor, Fräulein Habib und Andrina interviewen den Milović, und ich fahre zu Bondić. Dann kann uns auch niemand etwas ans Zeug flicken. Fräulein Habib kann die Befragung als routinemäßige Erhebung darstellen, und ich kann so tun, als suchte ich auch weiterhin den Rat unseres Dichtermeisters.«

»Okay, machen wir es so. Wir fahren gemeinsam zurück in die Stadt, und dort trennen wir uns dann. Wir halten uns gegenseitig auf dem Laufenden. Und, Drakie, der Typ heißt Miklosich, nicht Milović.«

»Ist ja ohnehin egal, da ihr ihn interviewt und nicht ich. Ich muß mir nur merken, wie mein Mann heißt. Und das habe ich mittlerweile intus.«

»Dann gibt es hier wohl nichts mehr zu tun. Drakie, du hast meine Handynummer. Für alle Fälle. Und jetzt zurück zum Wagen.« Die vier verließen die Villa, und Drake staunte über Delićs Talent, die Tür wieder so sorgsam zu verschließen, daß es bei einer oberflächlichen Betrachtung ausgeschlossen schien, daß sich hier jemand auf unerlaubte Weise Zutritt verschafft haben könnte. Eilig hirschte das Quartett zum Pajero zurück, wo sich Andrina mit dem Hinweis, es könne ja ohnehin niemand etwas dagegen haben, daß sie fahre, hinters Steuer klemmte. Drake wollte noch verzweifelt widersprechen, doch nur Sekundenbruchteile später jaulte der Motor bereits furchterregend auf. Selbst Delić krallte sich an dem Haltegriff fest, als Andrina aus dem Waldweg eine Motocross-Strecke machte. »Fährt die immer so?« zischte er zu Drake hinüber, der mit kalkweißem Gesicht nickte. »Na, das kann ja was werden.«

»Seht es positiv, Jungs, umso schneller sind wir wieder in der Stadt«, lachte Andrina.

»Oder im Krankenhaus«, murmelte Drake und fing wieder mit seinem Andrina-fährt-Auto-Rosenkranz an. Doch sehr zu seiner Freude mußte er nicht lange beten. Nach einigen beängstigenden Manövern zwischen den Bäumen erreichte der Pajero die Landstraße, die zur Autobahn führte. Es war mittlerweile Mittag geworden, und die Gegend wirkte wie ausgestorben. Andrina schoß mit durchschnittlich 150 Sachen durch die Einöde und kam dadurch schon fünf Vater unser später zur Autobahnauffahrt. Das dort angebrachte Hinweisschild, auf dem zu lesen stand, es seien nur 14 Kilometer bis zur Stadt, flößte Drake wieder ein wenig Vertrauen ein. Bei dem Tempo würden sie in spätestens fünf Minuten die City Limits passieren. Wenn er die Augen schloß und an etwas ganz Schönes aus seiner Kindheit dachte, dann würde er die Gefahr, in der er sich ob Andrinas Fahrweise befand, so lange vergessen können, bis er in ein Taxi umsteigen konnte, um zu Bondić zu fahren. Dennoch perlte ihm der Schweiß auf der Stirn, und selbst Habib verkroch sich nachhaltig in ihrem Sitz. Drakes Augen suchten die Leitschiene. Dort war im Abstand von 500 Metern die Entfernung zur Stadt angegeben. Verkrampft verfolgte Drake Tafel um Tafel. Gerne hätte er zu einer Zigarette gegriffen, wissend, daß diese noch nicht zu Ende geraucht sein würde, wenn er wieder sicheren Boden unter den Füßen spürte, doch Rauchen war in jedem Wagen von Andrina absolut tabu. So biß Drake nervös auf seinen Lippen herum und zählte mit den Fingern die Kilometer herunter. Bald schon brauchte er dazu nur noch eine Hand.

»Wo soll ich Sie absetzen«, fragte Andrina, als sie die Westeinfahrt der Stadt erreicht hatten. Delić nannte ihr den Endbahnhof der Untergrundbahn, die ungeachtet ihres Namens in diesem Bezirk als Hochbahn geführt wurde, und so leitete Andrina das Bremsmanöver ein, um das Auto noch zielgemäß zum Stillstand zu bringen. Zufrieden registrierte Habib, daß selbst ein Mann wie Delić mitunter Nerven zeigte, denn er schien auf reichlich wackligen Knien zu stehen, nachdem er sich vor der Station aus dem Wagen geschält hatte. Dennoch vergaß er nicht auf die Etikette, bedankte sich artig fürs Mitnehmen und ging dann ein wenig unsicher seines Weges. Andrina sah ihm skeptisch nach und wandte sich dann an Drake: »Und wo wohnt dein Bondić?«

»Gute Frage, ich weiß es nicht. Ich habe nur seine Telefonnummer. Aber vielleicht ist es ohnehin besser, wenn ich mich zuvor ankündige. Weißt du was, ich steige auch hier aus und nehme dann gegebenenfalls ein Taxi. Du weißt, wie du zur kroatischen Kirche kommst?« Andrina nickte, ließ Drake entschwinden und brauste dann mit Habib im Schlepptau wieder ab. Drake verfolgte die Staubwolke noch eine Weile, ehe er in seinen Taschen nach der Nummer von Bondić zu kramen begann. Endlich fand er den zerknüllten Zettel und begab sich in die nächstgelegene Telefonzelle.

XII.

»Herr Bondić? Gut, daß Sie zu Hause sind. Ich würde Sie gerne noch einmal in der bekannten Angelegenheit sprechen. Ob ich Ihnen wohl einen Besuch abstatten dürfte? ... Ja, ich habe ohnehin nichts Besseres vor. ... Hervorragend, ja, ich komme sofort zu Ihnen.«

Drake ließ sich die Adresse geben und nahm dann, wie angekündigt, ein Taxi. Dem Fahrer nannte er die gewünschte Adresse, dann lehnte er sich zurück und versuchte sich zu entspannen. Während er sich so seinem Ziel näherte, legte er sich eine Strategie zurecht, mit der er Bondić gegebenenfalls aus der Reserve locken konnte. Es war schwierig, in dieser heiklen Angelegenheit richtig zu verfahren. Steckte Bondić wirklich hinter dem Anschlag auf Slovac, dann war er ohne Frage ein ausgebuffter und skrupelloser Kerl. Dementsprechend würde er nicht sofort die Flinte ins Korn werfen, wenn ihm Drake auf den Kopf hin sagen würde, er besitze ein Haus im Wald, welches ihn verraten habe. Nein, Drake mußte Bondić irgendwie provozieren, mußte ihn aus der Reserve locken. Darin bestand die einzige Chance, ihn festzunageln. Und selbst dann war die Causa noch nicht gegessen. Selbst wenn sich Bondić verriet, aus ihm dann auch noch die Hintergründe dieser Tat zu erfragen, vielleicht auch in Erfahrung zu bringen, wo Slovac, war er nun schon tot oder aber noch am Leben, abgeblieben war, könnte sich als reichlich schwierig herausstellen. Fingerspitzengefühl war also angesagt.

Langsam glitt der Wagen durch die Straßen, während draußen allmählich erste Anzeichen der beginnenden Abenddämmerung wahrzunehmen waren. Drake erkundigte sich beim Fahrer, ob dieser etwas einzuwenden hätte, wenn er sich kurz einmal eine Zigarette anzünden würde. Der Taxifahrer drehte sich zu Drake um und grinste ihn an. Dabei bewegte er, Clint Eastwood gleich, die Zigarette, die zwischen seinen Lippen klemmte, von einem Mundwinkel zum anderen. »Nu' zu, Meister«, entrang sich der Kehle des stoppelbärtigen

Glatzkopfs, »den Finanzminister wird's freuen, und den Totengräber auch!«

Drake steckte die Camel an und blies den Rauch genußvoll ins Wageninnere: »Demnach rauchen Sie auch nur, um den Generationenvertrag nicht zu gefährden, was?«

»Was soll's denn, älter als 65 zu werden lohnt doch ohnehin nicht. Man darf nicht mehr essen, was einem schmeckt, man darf nicht mehr so viel trinken, wie man will, man kriegt keinen mehr hoch, einmal ganz abgesehen davon, daß die Frauen, für die man gerne einen hochkriegen würde, sowieso nichts mehr von einem wissen wollen, man frißt nur noch Pillen für und gegen etwas und wartet darauf, daß einem der Körper verfault. Nein, für mich wär das nichts.«

Drake besah sich den dickleibigen Lenker genauer. Die paar Haare, die sich noch auf seinem Kopf befanden, waren silbergrau, und trotz seiner Feistigkeit wies der Mann etliche Falten auf. Drake wagte eine indiskrete Frage: »Und, wie alt sind Sie gegenwärtig?«

»Ich? Ich werde nächste Woche 64. Sieht man mir nicht an, was? Ich wette, Sie hätten mir höchsten 50 gegeben, stimmt's?« Drake mußte lächeln. Nach seiner eigenen Logik blieben dem Taxifahrer noch circa 372 Tage. So viel Zeit hatte er in der Frage Slovac jedenfalls nicht. Das Taxi war bereits in jene Straße eingebogen, in der sich Bondićs Wohnung befand, und Drake war sich immer noch nicht sicher, wie er das »Verhör« von Bondić nun angehen sollte. Er zog noch schnell zwei-, dreimal an der Zigarette und dämpfte sie dann im Aschenbecher, der sich hinter der Handbremse befand, aus. Wozu, dachte Drake, sollte er sich überhaupt eine Strategie zurechtlegen. Am besten war es fraglos, die Dinge auf sich zukommen zu lassen, um dann spontan auf Bondićs Verhalten zu reagieren. Drake bezahlte den dicken Mann und vermied es dabei, seinen Gedanken »Mach' dir noch ein schönes Jahr« laut zu artikulieren und ging sodann auf das Haustor zu. Auf der Sprechanlage suchte er Bondićs Namen, fand ihn und betätigte den Druckknopf. Nachdem sich Bondić erkundigt hatte, wer sich unten befand, betätigte er den Summer, und Drake verschwand im Hausflur. Nach wenigen Metern kam er zur Lifttür. Einmal in dem Beförderungsmittel, wählte er den entsprechenden Stock aus und fuhr aufwärts. Als er in Bondićs Etage angekommen war, sah er eine Tür sperrangelweit offenstehen. Hier war er richtig. Drake atmete noch einmal tief durch, dann trat er ein.

Andrinas Pajero kam mit rauchenden Reifen auf dem Innenstadtplatz zum Stehen. Habib vergewisserte sich, daß der Wagen wirklich nicht mehr in Fahrt war und löste vorsichtig langsam ihre Hand vom Haltegriff. Sie spürte, wie ihr der Schweiß von der Stirn perlte. »Erinnere mich daran, daß ich in der Kirche eine Kerze spende. Für die Rückfahrt«, flüsterte sie. Andrina zuckte grinsend mit den Schultern: »Ich weiß gar nicht, was ihr alle habt. Linda mag es, wie ich fahre.«

»Vielleicht ein Hang zur Lebensmüdigkeit?« fragte Habib.

»Hey, Linda ist mit mir zusammen. Sie vertraut mir. Was man von euch allen jedenfalls nicht behaupten kann.«

»Tja, nenne es altmodisch, aber irgendwie hänge ich am Leben. Ich fühle mich noch entschieden zu jung, um in die ewigen Jagdgründe einzugehen.«

Andrina nahm die Hände vom Lenkrad und sah Habib fest in die Augen: »Hör mal, ich fahre jetzt seit über fünf Jahren, und in all dieser Zeit habe ich nicht einen einzigen Unfall gehabt, nicht einmal den allerwinzigsten. Von mir können sich die ganzen Formel-1-Fahrer noch eine Scheibe abschneiden, capisce?«

»Das glaub' ich dir gerne, aber irgendwann gibt es für alles ein erstes Mal. Daran solltest du denken.«

»Weißt du, woran ich denke?«

»Nun?«

»Daß wir unseren Janko besuchen sollten.«

Habib richtete ihre Uniformjacke und stieg aus. Andrina tat es ihr gleich, sperrte den Wagen mittels Knopfdruck ab und querte den Platz in Richtung kroatischer Kirche. Nach einem kurzen Rundblick fanden die beiden den Pfarrhof und läuteten an. Es war der Pfarrer selbst, der ihnen öffnete und nach ihrem Begehr fragte.

»Sie haben einen Bruder namens Janko«, übernahm Habib die Initiative.

»Ja. Was ist mit ihm?«

»Revierinspektor Habib von der hiesigen Polizeidienststelle. Wir müßten ihm ein paar Fragen stellen. Reine Routine, wissen Sie. Es könnte sein, daß er in einer Angelegenheit, die wir gerade untersuchen, Zeuge gewesen ist.«

Der Pfarrer schien verwirrt: »Das sollte mich sehr wundern, denn mein Bruder verläßt die Wohnung nur sehr selten. Aber bitte, wir helfen der Polizei natürlich gerne. Wenn Sie bitte nähertreten wollen, ich werde ihn schnell rufen.« Der Gottesmann hieß die beiden Frauen in einer Art Empfangssalon warten und ging nach hinten. Einige Augenblicke später kam Janko Miklosich in den Raum. Er war klein, kaum größer als 1,60 Meter, glatzköpfig und wirkte vollkommen eingeschüchtert. Sein Bruder redete ihm begütigend zu: »Du brauchst dich nicht zu fürchten, Janko. Die Damen sind von der Polizei, die wollen dir nichts Böses, sie möchten dir nur ein paar Fragen stellen.« Janko, der die ganze Zeit ängstlich auf den Boden gestarrt hatte, riskierte nun einen schüchternen Blick in die Gesichter von Andrina und Habib, sah jedoch sogleich wieder auf seine eigenen Füße. Andrina suchte die Augen von Habib, und darin las sie, was sie sich selbst dachte. Wenn dieser Janko Miklosich wirklich der Übeltäter war, dann lieferte er eben eine oscarreife Performance ab. Viel wahrscheinlicher aber war, daß Janko Miklosich nicht ihr Mann war. Er schien ein wenig blöde zu sein, zurückgeblieben, kaum zu einer Übeltat fähig, geschweige denn zu einer so perfid inszenierten. Mit ziemlicher Sicherheit verschwendete man mit ihm nur seine Zeit.

Habib sah die Dinge tatsächlich ähnlich, denn sie richtete ihre erste Frage an den Pfarrer: »Hochwürden, besitzen Sie ein Ferienhaus? Etwas außerhalb der Stadt?«

»Wir Kroaten sind hier nur eine ganz kleine Gemeinde. Die kann sich keinerlei Luxus leisten. Ich habe zwar ein kleines Häuschen, aber das befindet sich in Kroatien. In der Nähe von Vinkovci, falls Sie es kennen. Hierorts gehört mir nichts. Selbst diese Räumlichkeiten sind nur eine Dienstwohnung, die wir nur benützen dürfen, solange ich hier mein Hirtenamt ausübe. Weshalb fragen Sie? Und in welcher Sache sollte Ihnen mein Bruder überhaupt von Nutzen sein?«

Wieder sah Habib Andrina an. Diese seufzte und nickte schwach. »Also gut«, sagte Habib darauf, »es geht um die Slovac-Sache. Die Polizei hat Grund zu der Annahme, daß der Tatverdächtige ein Haus im Wald besitzt. Und wir wissen, daß der Verdächtige Janko heißt.«

»Was Sie zu dem Schluß führte, dieser Mann müsse mein Bruder sein. Also ich muß schon wirklich sehr bitten! Das ist ja impertinent!«

Habib machte eine abwehrende Geste: »Nicht wirklich. Zeugen berichteten uns, daß besagte Person regelmäßig den katholischen Gottesdienst am Ort besucht. Und nach dem Stand der Dinge gingen wir davon aus, daß es nicht allzu viele Serben geben dürfte, die dem katholischen Glauben anhängen.«

»Das tut keiner von denen wirklich. Aber zu glauben, ein gottesfürchtiger Kroate könnte zu einer Untat fähig sein, ist wirklich eine unglaubliche Provokation. Ich denke, ich sollte den Botschafter einschalten. Glauben Sie mir, meine Damen, Ihr vorschnelles Handeln wird höheren Orts noch Konsequenzen nach sich ziehen. Seien Sie sich dessen versichert.« Der Pfarrer redete sich in Rage: »Ist Ihnen überhaupt irgendwann einmal die Idee gekommen, die Sache mit der Heiligen Messe könnte eine Tarnung sein?«

Andrina mußte an Drakes Verdacht denken: »Irgendwie schon.«

»Ja«, sprang ihr Habib bei, »wir gehen jeder Spur nach. Dazu sind wir verpflichtet. Und jetzt, wo wir uns persönlich davon überzeugen konnten, daß Ihr werter Herr Bruder völlig unschuldig ist, bitten wir, die Störung zu entschuldigen. Bemühen Sie sich nicht, wir finden allein hinaus.«

Abrupt wandte sich Habib um und verließ den Raum. Andrina zuckte mit den Schultern und folgte ihr. »Na«, sagte sie, als sie den Pajero wieder erreicht hatten, »das war ja wohl ein ziemlich peinlicher Tiefschlag.«

»Nobody is perfect, meine Liebe. Aber immerhin wissen wir jetzt, daß dieser Janko aus dem Kreis der Verdächtigen ausgeschieden werden kann.«

»Ich denke, wir sollten noch einmal bei Delić anklingeln. Vielleicht hat der seine kleinen grauen Zellen ein wenig angestrengt und noch eine Idee geboren.«

»Na hoffen wir's, sonst sind wir ziemlich am Nämlichen.«

Andrina kramte den Schmierzettel, auf dem sie Delićs Nummer notiert hatte, aus einer Jackentasche, nahm das Handy zur Hand und tippte die Zahlenkombination ein.

»Ah, Fräulein Andrina, gut, daß Sie anrufen. Ich habe mir nämlich erlaubt, die Zeit ein bißchen zu nützen. Und ich bin zu dem Schluß gekommen, diesen Miklosich Janko können Sie vergessen.«

»So weit sind wir auch schon. Aber woher wissen Sie das?«

»Ich habe noch einmal in dem Pfarrhof angerufen und dem Mesner noch eine Frage gestellt. Ich ließ ihn einfach unseren Mann beschreiben.«

»Ja, das war ein Fehler, das haben wir vergessen.«

»Eben. Und daher weiß ich jetzt, daß unser Mann eine mächtige Löwenmähne hat.«

»Fein. Und?«

»Na wissen Sie das nicht? Miklosichs Kopf ist kahl wie der dinarische Karst. Wohingegen Bondić ...«

»Also doch Bondić! Wir müssen sofort dorthin!«

»Das denke ich auch.« Delić nannte Andrina die betreffende Adresse und empfahl sich mit der Bitte, man möge ihn doch weiterhin auf dem Laufenden halten. Dann schaltete Andrina das Handy aus, startete den Motor und gab Gas.

»Eigentlich«, keuchte Habib neben ihr, »darf ich das gar nicht tolerieren. Das ist ein kapitaler Verstoß gegen die Straßenverkehrsordnung. Ich müßte dir den Führerschein abnehmen.«

»Ach, wir sind doch irgendwie auf Einsatzfahrt, nicht?«

»Aber in einem Fahrzeug, das nicht ordnungsgemäß dafür vorgesehen ist. Also sind wir nicht befugt, so zu handeln.«

»Ich dachte, unter gewissen Umständen darf die Polizei sogar Autos für eben diesen Zweck beschlagnahmen?«

»Na ja, irgendwie schon.«

»Na eben, also zier dich nicht. Und los geht's.« Andrina drückte neuerlich das Gaspedal durch, und Habib stellte mit angstverzerrter Miene fest, wie die Tachonadel die 100er-Marke weit hinter sich ließ. Was für ein Glück, dachte sie, daß ich erst unlängst gelesen habe, daß die Hinterbliebenen eines Mitglieds der Exekutive im Fall des Ablebens im Dienst nunmehr eineinhalb Millionen bekommen. Mit diesem Sümmchen würde sich ihre Schwester eine nette kleine Wohnung zulegen können. Wenigstens etwas.

Mehrmals schloß Habib voller Panik die Augen und biß die Zähne zusammen, doch zu ihrer eigenen Überraschung kamen sie völlig wohlbehalten in dem Bezirk, in dem sich Bondićs Wohnung befand, an.

»Ich hoffe, wir kommen nicht zu spät«, murmelte Habib.

»Ach was, Drakie hat immer irgendwie Glück. Dem wird schon nichts passieren«, gab Andrina zurück.

»So, Herr Drake, da sind Sie also wieder. Darf ich fragen, was Sie diesmal zu mir führt?«

»Nun ja, um ehrlich zu sein, wir machen in der Causa Slovac nicht wirklich Fortschritte. Um noch ehrlicher zu sein, es hat den Anschein, als würden wir auf der Stelle treten.«

»Tja, eine verzwickte Sache. Darf ich Ihnen etwas anbieten?«

»Och, machen Sie sich keine Mühe«, winkte Drake ab. Er bemühte sich um einen zerknirschten Gesichtsausdruck. Bondić sollte glauben, die Polizei tappe wirklich vollkommen im Dunklen und greife dankbar nach jedem Strohhalm. Auf Bondićs Aufforderung setzte sich Drake an den Eßtisch und stützte seinen Kopf in seine Handflächen. Demonstrativ seufzte er. Bondić ging nach nebenan und kehrte mit zwei Schnapsgläsern und einer Flasche Sliwowitz zurück. »Ich bedaure, aber mit Whiskey kann ich nicht dienen.«

»Wir müssen die Sache vollkommen anders angehen. Dessen sind wir uns mittlerweile bewußt.«

Bondić schenkte die Gläser voll und prostete Drake zu. Dieser nahm selbst einen Schluck. Dann griff er den Gesprächsfaden wieder auf.

»Erzählen Sie mir von Slovac. Was ist er für ein Mensch?«

Bondić kam ins Plaudern. Er schilderte Slovac' Jugend in Belgrad, seine antifaschistischen Aktivitäten, die Verhaftung durch die Nazis und seinen Fall in den Augen der jugoslawischen Kommunisten, die in ihm einen Trotzkisten sahen. »Was ja dann auch der Grund war, weshalb Mladen es vorzog, nach dem Krieg nicht in seine Heimat zurückzukehren. Er fürchtete, von Titos Leuten vor Gericht gestellt zu werden.«

»Trotzdem hatte er aber auch in Jugoslawien Erfolg als Schriftsteller. Oder nicht?«

»Doch, natürlich. Er galt sogar als das Aushängeschild Jugoslawiens im Ausland. Das heißt, ab den 60ern, als die Sitten auch bei uns merklich lockerer wurden.«

»Schon merkwürdig«, schien Drake ins Sinnieren zu kommen, »da ist einer irgendwie ein Deserteur, und trotzdem gehen seine Werke weg wie die warmen Semmeln. Wenn ich ein linientreuer Parteisoldat wäre, ich glaube, ich wäre mächtig eifersüchtig.«

»Ja«, lachte Bondić, »das könnte man annehmen.« Bondićs Lachen aber klang hohl, und Drake war sich immer sicherer, er war auf der richtigen Spur.

»Vor allem, wenn man bedenkt, daß Slovac ja letztlich auf das richtige Pferd gesetzt hat. Ich meine, all die jugoslawischen Autoren, die stehen jetzt vor dem Nichts. Müssen sich eine vollkommen neue Karriere aufbauen. Aber Slovac, der sitzt schon fest im Sattel.« Bei diesen Worten blickte Drake seinem Gegenüber unverwandt in die Augen.

Bondić lachte immer noch, wenn auch reichlich gekünstelt. Jetzt allmählich erstarb sein Geglucker. »Ich beginne zu verstehen, worauf Sie hinauswollen. Sie meinen, hier könnte Eifersucht im Spiel sein. Gott! Richtig herzig. Und was, bitte schön, sollte es dem Betreffenden bringen, wenn er Slovac aus dem Weg räumte?«

»Nun, daran arbeiten wir noch. Aber Genugtuung ist mitunter auch ein sehr bemerkenswertes Motiv.«

»Ja, für einen Idioten vielleicht. Glauben Sie mir, diese These sollten Sie schleunigst wieder verwerfen. Die ist zu lächerlich. Niemand würde, bloß weil kein Buch von Mladen mehr am Markt ist, automatisch zu einem Buch eines anderen jugoslawischen Autors greifen. Das wissen wir alle. Wozu also ein solcher Aufwand.«

»Sagen Sie, Herr Bondić«, lenkte Drake das Gespräch in neue Bahnen, »wie haben Sie es eigentlich geschafft, Ihr Land zu verlassen?«

»Ich habe es gar nicht verlassen. Ich habe immer noch eine Wohnung in Belgrad.«

»Sie sind ein vermögender Mann?«

»So würde ich es nicht gerade nennen, aber ja, meine Werke haben mir einen bescheidenen Wohlstand ermöglicht. Bei uns zu Hause kauften die Leute gerne meine Romane.«

»Und das Geld haben Sie in unverrückbaren Werten angelegt?«

»Ich wüßte zwar nicht, was Sie das angeht, aber ich habe nichts zu verbergen. Ja, das habe ich getan. Schon allein aus Steuergründen, wie Sie sicher verstehen werden.«

»Soweit ich weiß, wurden einige Ihrer Werke auch in die deutsche Sprache übersetzt. War es nicht schwierig, die Devisen in Jugoslawien gewinnbringend zu investieren?«

»Herr Drake, schön langsam muß ich feststellen, daß mir Ihre Andeutungen immer weniger behagen. Wenn Sie einen konkreten Verdacht hegen, dann sprechen Sie ihn auch aus.«

»Nun gut, besitzen Sie zufällig ein Haus im Grünen, hier, in unmittelbarer Stadtnähe?«

»Und wenn ja?«

»Verkehren Sie dort relativ oft?«

»Wozu sollte man sonst ein Wochenendhaus besitzen?«

»Nun ja, sehen Sie. Als Slovac entführt wurde, brachte man ihn ganz zufällig in unmittelbare Nähe Ihres Hauses. Sie verstehen, worauf ich hinauswill?«

»Ich habe noch nicht gesagt, daß ich ein Haus besitze.«

»Aber der dortige Mesner. Er hat Sie wiedererkannt«, log Drake.

Bondić trank sein Glas leer und schenkte sich sogleich nach. »Ach ja«, sagte er dann, »der hat mich also wiedererkannt. Und wie alt war der? 110? Und wieviele Dioptrien weisen seine Brillen auf? Acht? Kommen Sie, Herr Drake, wir sind hier nicht in einem schlechten Fernsehkrimi!«

»Wir können jederzeit in den Ort zurückfahren für eine Gegenüberstellung.« Drake lehnte sich zufrieden zurück. »Ja, Sie haben recht, wir sind tatsächlich nicht in einem Fernsehkrimi. Dort wissen die Bösen nämlich, wann sie verloren haben.«

»Sie machen mir wirklich Spaß. Ihre Behauptung ist so absurd, daß ich mir ernsthaft überlege, sie als Grundlage für eine neue Geschichte zu nehmen.«

»Ich habe mich klug gemacht, Herr Bondić. Von Ihnen sind schon lange keine Geschichten mehr erschienen. Seit Sie vor sechs Jahren hierher gekommen sind, haben Sie gerade mal Ihre Autobiographie veröffentlicht. Und in Jugoslawien erschien Ihr letztes Buch 1984. Das nenne ich nicht gerade produktiven Output.«

»Was verstehen Sie schon von der Schriftstellerei. Ich arbeite seit fünf Jahren an meinem Opus magnum. Das wird ein Roman von über 2.000 Seiten, und mit dem schreibe ich mich in die Literaturgeschichte. Mein Freund Mladen hat mit seinen Büchern immer großen Erfolg gehabt, aber für die Historie sind seine Werke ohne Belang. Meine hingegen werden einst als Leitfossilien einer Ära erkannt werden.«

»Also habe ich recht.«

»Wie bitte?«

»Ich habe recht. Sie ticken nicht ganz richtig. Was haben Sie mit Mladen Slovac gemacht?«

Bondić ballte seine rechte Hand zu einer Faust: »Ich habe Ihnen schon mehrmals erklärt, daß Mladen mein Freund ist. Wenn Sie mich noch länger beleidigen, dann weise ich Ihnen die Tür, Sie ungehobelter Flegel. Was rede ich überhaupt noch mit Ihnen? Verlassen Sie meine Wohnung!«

Schwerfällig erhob sich Drake: »Wie Sie meinen. Aber ich komme wieder. Mit der Polizei und einem Durchsuchungsbefehl. Wir werden hier jedes Krümel umdrehen. Und spätestens, wenn wir die Telefonnummer von Božidar Jovanović bei Ihnen finden, wissen wir Bescheid.«

»Da können Sie lange suchen.«

»Und warum?«

»Weil ich … weil ich keinen Jovanović kenne.«

»Kommen Sie, Herr Bondić. Das war eben fast schon ein Geständnis. Und wissen Sie, was das Gute daran ist?« Drake stützte sich mit den Armen auf der Tischfläche ab und beugte sich über Bondić: »Ich bin ein Privatschnüffler, ich brauche gar keine Beweise. Ich brauche mich an keine Spielregeln zu halten, ich bin ja nicht die Polizei. Also sagen Sie mir, was Sie mit Slovac getan haben, oder ich prügle die Wahrheit aus Ihnen heraus.«

»Sie unsportlicher Fettsack?«

»Für einen alten Mann wie Sie reicht's allemal.«

»Da bin ich aber ganz anderer Ansicht.« Erstaunlich schnell hatte sich Bondić erhoben und hielt Drake einen Revolver unter die Nase: »Ich habe Sie gewarnt, Sie Trottel. Jetzt haben Sie den Bogen überspannt. Es reicht mir. Ich lasse mir von Ihnen nicht länger auf der Nase herumtanzen. Ihr seid ja alle so superklug, ihr Detektive. Aber eines kann ich Ihnen garantieren: Sie verstehen nichts! Rein gar nichts!«

Instinktiv war Drake zurückgewichen. Seine Stimme zitterte, und doch bemühte er sich um Gelassenheit: »Immerhin verstehe ich genug, um zu wissen, daß Sie genau das Gegenteil von dem erreicht haben, was Sie erreichen wollten. Seit Slovac' Verschwinden gehen seine Bücher weg wie die warmen Semmeln. Es sind seine Werke, um die sich die Leute reißen, nicht Ihre. Wie man hört, druckt Slovac' Verlag schon eifrig Neuauflagen, um die sprunghaft angestiegene Nachfrage befriedigen zu können. Glauben Sie mir, wäre Mladen Slovac eines natürlichen Todes gestorben, die Leute wären nicht annähernd so interessiert an seinen Büchern gewesen wie jetzt vor dem Hintergrund seiner Entführung.«

»Was Sie nicht sagen, Sie Klugschwätzer!«

»Oh, werden wir jetzt auch noch vulgär?«

»Na wenigstens haben Sie Humor. Den werden Sie auch brauchen. Denn was jetzt kommt, wird alles andere als lustig. Aber Sie haben es sich selbst zuzuschreiben.« Bondić spannte den Hahn.

Drake, der sich auch merklich gespannt fühlte, starrte auf die Kanone. »Seien Sie doch vernünftig, Mann. Die Polizei weiß, daß ich bei Ihnen bin. Die Geschichte mit Slovac, aus der kommen Sie vielleicht noch irgendwie raus, aber wenn Sie mir etwas antun, dann ist das auch ein Schuldgeständnis in der Slovac-Sache. Auf Sie wartet dann lebenslang. Und bei Ihrem Alter sehen Sie den Himmel nie wieder ohne Gitter.«

»Aber Ihnen wird das schon reichlich egal sein. Und wie sagten Sie eben so schön? Genugtuung kann auch ein Motiv sein. Also dann, schöne Überfahrt, Mister Drake.«

Drake kniff die Augen zusammen und drehte sich impulsiv von der Waffe weg. Er hatte das Gefühl, sein Urogenitalsystem nicht mehr unter Kontrolle zu haben, und fand es einigermaßen entwürdigend, mit nassen Hosen in die Ewigkeit einzugehen. Was das für eine Nachrede bedeuten würde! Zum Glück würde er seiner Mutter gegenüber keine Rechenschaft mehr ablegen müssen. Aber die Unannehmlichkeiten würden damit ja noch lange kein Ende nehmen. Allein die

Überführungskosten waren enorm. Und dann erst diese ganzen enervierenden Prozeduren beim Zoll! Bis die einen endlich ins Land ließen, verströmte man sicher schon einen die feine Nase irritierenden Geruch. Aber was das Schlimmste war, wer konnte schon sagen, ob dieser alte Sack überhaupt ein guter Schütze war. Was, wenn er nicht genau traf? Dann müßte man hier am Teppich noch eine hübsche Zeit strampeln, ehe es endlich zu Ende war. Und sportliche Betätigung war so überhaupt kein attraktives Abendprogramm. Da kam man doch fürchterlich ins Schwitzen. Und außerdem, was sollte man denn in so einer Situation Originelles sagen? Angeblich traten die meisten Leute mit dem Wort »Scheiße« ab. Wie banal! Aber auch »Oh Gott«, immerhin auf Platz zwei der Hitliste unvorhergesehen Abberufener war nicht viel attraktiver. Von einem simplen »Ah« ganz zu schweigen. Ob »Herr, in deine Hände empfehle ich meinen Geist« angebracht war? Wohl eine Spur zu blasphemisch. »Long live England«? Zu patriotisch! Vielleicht Ironie? »Erinnern Sie mich daran, daß ich meinem Schneider kündige«? Ja, das könnte gehen. Warum schoß der Kerl nicht endlich? Hatte er im letzten Moment Skrupel bekommen?

»Los, los, die Waffe weg!« Drake riskierte einen Blick und erkannte den verdutzt dreinblickenden Bondić. Also hatte er sich nicht getäuscht. Die Stimme, die er eben gehört hatte, war real gewesen. Und sie hatte sich ziemlich nach jener Andrinas angehört. Bondić zögerte. »Wie sind Sie hier reingekommen?« fragte er dann.

»Die Tür war nicht abgesperrt«, antwortete Habib, die langsam auf Bondić zukam.

»Halt«, wehrte dieser ab, »nicht weiter. Wie Sie wohl schon erkannt haben, habe ich nichts mehr zu verlieren. Und in so einer Situation verliert man dann doch etwas. Die Nerven nämlich. Wenn Sie also nicht wollen, daß Herr Drake hier den Kopf verliert, dann sollten Sie nicht Ihre guten Manieren verlieren. Ich muß Sie also bitten, meine Wohnung wieder zu verlassen und erst einmal anzuklopfen. Und erst, wenn ich ›Herein‹ sage, dann dürfen Sie auch tatsächlich eintreten.«

»Wir werden Ihren Rat gerne befolgen. Wenn Sie uns zuerst Ihre Waffe übergeben. Dann können wir in Ruhe über alles reden. Vielleicht ist es ja noch nicht zu spät.«

Bondić lachte. Zuerst verhalten, dann immer lauter, sich in einen richtigen Anfall hineinsteigernd. Er brüllte nachgerade vor Lachen, als Andrina nach vorne sprang und den alten Mann niederriß. Zwar löste sich dabei aus der entsicherten Waffe ein Schuß, doch der schlug in die Decke ein. Drake fiel vornüber und blieb dicht neben Andrina liegen, die den Revolver mittlerweile an sich genommen hatte. Andrina blickte an den Plafond, wo das Loch, welches die Kugel geschlagen hatte, deutlich zu sehen war, und tätschelte Drake mitleidig die Schulter.

»Bring etwas Wasser. Old Drakie hier ist ohnmächtig geworden.«

Wenig später saßen die vier um Bondićs Tisch versammelt. Drake war kreidebleich im Gesicht und trank den Sliwowitz in großen Zügen aus der Flasche. Bondićs gekrümmte Gestalt schien jeden Moment vom Stuhl zu sinken. Gebrochen starrte er ins Nichts. Andrina trank in kleinen Schlucken Kaffee und ließ Bondić nicht aus den Augen. Habib wiederum räusperte sich und fixierte die traurige Gestalt des alten Mannes. »Ich denke«, begann sie dann, »Sie sind uns einige Erklärungen schuldig.«

Bondić schwieg.

»Kommen Sie, seien Sie nicht so stur. Es ist doch mittlerweile zwecklos. Sie sind überführt. Sie können Ihre Lage nur noch verbessern. Also machen Sie es sich nicht unnötig schwer. Erleichtern Sie Ihr Herz. Was haben Sie mit Mladen Slovac angestellt?«

»Halten Sie mich, wofür auch immer Sie mich halten wollen«, krächzte Bondić endlich, »aber ich bin kein Mörder.«

»Also ist Slovac noch am Leben?«

»Ja.«

»Und wo befindet er sich?«

»In meinem Haus beim alten Sanatorium.«

»Dann sollten wir uns schleunigst dorthin begeben und den armen Mann befreien. Werden Sie uns noch irgendwelche Schwierigkeiten bereiten, Herr Bondić? Ich müßte Ihnen in diesem Fall Handschellen anlegen. Aber Ihr Wort würde mir genügen.«

Bondić schaute den immer noch zitternden Drake an: »Wir sind doch in einem schlechten Krimi. Ich weiß, wann ich verloren habe.« Dann blickte er Habib an: »Ich werde keinerlei Widerstand mehr leisten.«

Andrina trank ihren Kaffee aus und sprang auf: »Los, wir sollten keine Zeit verlieren.« Habib faßte Bondić unter die Armbeuge, zog den alten Mann hoch und dirigierte ihn sodann zur Wohnungstüre.

»Moment«, sagte plötzlich Drake, »wo ist Ihr Telefon?« Müde gab Bondić die gewünschte Auskunft. Drake kramte in seinen Unterlagen und wählte dann eine Nummer. Andrina legte ihre Stirn kraus: »Hör mal, Drakie, das ist wirklich nicht der richtige Zeitpunkt. Könntest du vielleicht warten, bis ...« Doch Drake hatte abwehrend die Hand gehoben und bedeutete Andrina, ruhig zu sein. Drake hörte das Klingeln. Er sah die anderen im Raum an. Endlich wurde abgenommen.

»Herr Milan Slovac? Einen guten Abend. Mein Name ist Drake. Ich wollte Ihnen nur sagen, daß wir Ihren Vater gefunden haben. Das heißt, wir wissen, wo er gefangen gehalten wird. Wir sind eben auf den Weg dorthin. Wenn im letzten Augenblick nicht noch etwas schiefgeht, dann sehen Sie ihn noch heute Nacht wieder. Ich melde mich wieder bei Ihnen. Ja, keine Ursache. Auf Wiederhören.«

Andrina schickte Drake ein anerkennendes Lächeln. Beim Hinausgehen meinte Drake nur, er hoffe doch stark, daß Bondić sie nicht verladen habe, denn sonst hätte er dem jungen Slovac jetzt umsonst Hoffnungen gemacht. Und da er mit Bondić ohnehin noch eine Rechnung zu begleichen habe, werde er in diesem Fall seinen Gefühlen freien Lauf lassen. Doch insgeheim waren alle davon überzeugt, daß Bondić die Wahrheit gesprochen hatte. So stiegen sie in den Pajero, vorne Andrina und Drake, hinten Habib, die auf Bondić aufpaßte, und weniger als zwanzig Minuten später kam der Wagen vor Bondićs Haus zum Stillstand.

Bondić hatte die Wahrheit gesprochen. Im Keller des Hauses stieß man auf die sichtlich abgekämpfte Gestalt des Mladen Slovac. Der Raum wirkte wie eine Gummizelle. Er war fensterlos und besaß keine Lichtquelle. Slovac lag auf dem Bett, welches der einzige Gegenstand in dem Zimmer war, sah man von einem Korb mit Nahrungsmitteln und einem Krug Wasser ab. Die Wände waren mit Schaumgummimatratzen gegen Kälte, aber eben auch gegen Schall isoliert. Slovac konnte den nachmittäglichen Besuch nicht gehört haben. Und selbst wenn, so würden Andrina, Drake, Habib und Delić ihn nicht gehört haben. Aber Slovac wirkte ohnehin zu schwach, um sich zu irgendeiner Aktion aufraffen zu können. Drake fiel der mörderische Gestank auf, der den Raum erfüllte. Er nahm Habib die Taschenlampe aus der Hand und sah sich, während Andrina Slovac erstversorgte, um. In der dem Bett gegenüberliegenden Ecke wurde er fündig. Dort fehlte der asphaltierte Boden und das so entstandene Loch mußte als Senkgrube herhalten. Während der Ekel in ihm aufstieg, fragte sich Drake, wie es Slovac geschafft hatte, in völliger Dunkelheit sein Geschäft zu erledigen, ohne sich dabei zu verletzen oder gar in die Grube zu stürzen. Angewidert wandte sich Drake ab. Besser gar nicht daran denken.

Andrina und Habib hatten Slovac nun so weit, daß sie ihn vorsichtig aufsetzen konnten. Habib hatte aus Bondićs Küche frische Milch organisiert, die sie Slovac nun in kleinen Portionen verabreichte, während Andrina mit einem feuchten Tuch dessen Gesicht abrieb. Drake behielt Bondić im Auge, der abwesend im Raum stand und wie paralysiert wirkte. Er hatte die Hände in den Taschen vergraben und starrte ins Leere.

»Es ist alles wieder gut, Herr Slovac. Es ist vorbei«, sagte Andrina sanft, »wir bringen Sie wieder nach Hause.« Slovac sah Andrina zunächst geistesabwesend an, doch dann lächelte er. Einen Moment später aber nahm sein Gesicht wieder einen angstverzerrten Ausdruck an: »Meine Frau«, stammelte er. »Keine Sorge«, ließ sich Habib vernehmen, »Ihrer Frau geht es gut. Es gibt keinen Anlaß mehr, beunruhigt zu sein. Der Alptraum ist vorbei.«

Die zwei Frauen nahmen Slovac in ihre Mitte und führten ihn behutsam nach oben. Drake gab Bondić zu verstehen, daß er in gebührendem Abstand folgen sollte. Einmal wieder im Erdgeschoß, erstattete Habib telefonisch Oberst Milus Bericht und beorderte einen Kranken- und einen Streifenwagen zu Bondićs Haus. Milus war sehr erfreut über die Erfolgsmeldung und meinte, er werde sofort den Minister über den glücklichen Ausgang der Geschichte informieren. Habib, Andrina und Drake sollten schon einmal passende Kleidung besorgen, denn zu einer Ordensverleihung erscheine man nicht gerade in Jeans und Lederjacke.

XIII.

Im Vernehmungsraum des Präsidiums sah sich Bondić vier Personen gegenüber. Zu Andrina, Drake und Habib war nun auch Oberst Milus gestoßen. Drake bemühte sich, den Gelassenen zu mimen, sich dabei die ganze Zeit überlegend, wie denn Spade oder Marlowe im Moment des Triumphs zu reagieren pflegten. Sie würden sich wohl lässig zurücklehnen und die Zigarette im Mundwinkel hängen lassen. Und sie würden sich einen Scotch genehmigen. Zu schade, daß da nur Kaffee, noch dazu in einem Pappbecher, zur Verfügung stand. Aber immerhin, wenigstens die Camel würde ihm einen Anstrich von Bogart verleihen. Drake griff nach der zerknautschten Packung, die er zuvor ungeniert auf den Tisch geworfen hatte. Leer. Dann blickte er in die Runde: »Hat vielleicht jemand eine Zigarette für mich?« Und nach einer Pause: »Bei so einem Haufen von Nichtrauchern wohl eine dumme Frage.« Er seufzte und lehnte sich zurück. Gerade im letzten Augenblick gelang es ihm, den Absturz zu verhindern, und er fragte sich, warum es ihm nicht zuvor aufgefallen war, daß ausgerechnet er einen Hocker ohne Lehne erwischt hatte. Noch dazu einen viel zu niedrigen. Denn als Drake seinen Oberkörper endlich wieder an den Tisch gebracht hatte, stellte er fest, daß sich die Tischkante etwa in Höhe seiner Brust befand. Drake zog es vor, aufzustehen und sich im Hintergrund an die Wand zu lehnen.

Habib wiederum saß aufrecht neben ihrem Chef. Sie bemühte sich ebenfalls um Gelassenheit, doch ein leichtes Lächeln verriet den Stolz, den sie ob ihrer Leistung empfand. In so jungen Jahren schon zu einer Belobigung zu kommen, war sicherlich kein Nachteil. Habib riskierte einen kurzen Blick auf ihre Uniform und registrierte zufrieden, daß alles den Vorschriften entsprach. Die Knöpfe glänzten, der Krawattenknopf war formvollendet geknotet, und der Hemdkragen wies kein einziges Fussel auf. Ja, dachte Habib, sie konnte zufrieden sein.

Andrina wiederum hatte es sich in ihrem Stuhl bequem gemacht. Die Lederjacke hing über die Lehne, während Andrinas linkes Bein locker über die Armstütze baumelte. Vielleicht, überlegte Andrina, waren die roten Stöckelschuhe eine Spur zu gewöhnlich, doch bildeten sie einen notwendigen Farbkontrast zu der weißen Bluse und den Blue Jeans. Die Sache war eigentlich gegessen, und Andrina gestand sich ein, daß es sie nicht mehr sonderlich interessierte, weshalb sich der unglückliche Bondić zu dieser Torheit hatte hinreißen lassen. Aber wenn sie nun einmal von Anfang an in diesen Fall involviert war, sollte sie sich auch die Lösung anhören, zumal sie ohnehin nichts Besseres zu tun hatte. Es dauerte noch eine gute Stunde, bis Linda wieder Zeit für sie hatte, und die konnte sie genauso gut hier verbringen.

Oberst Milus fixierte Bondić. Er war sich nicht sicher, ob dieser Mann noch im Vollbesitz seiner geistigen Kräfte war. Immer wieder brach Bondić in nachgerade hysterisches Gelächter aus, um sodann in weinerliches Schluchzen überzugehen. Milus ließ ihn eine Weile gewähren, dann begann er das Verhör.

»Also, Herr Bondić, wenn Sie nun die Güte hätten, uns ein paar Fragen zu beantworten.«

Bondić schien ihn nicht verstanden zu haben. Ungläubig blickte er den Obersten an.

»Wir wissen«, fuhr Milus unbeirrt fort, »daß Sie es getan haben. Was wir nicht wissen, ist, wie Sie es getan haben, und vor allem, warum Sie es getan haben.«

Bondić zog ein Sacktuch aus seinem Jackett und fuhr sich damit über die Stirn. Er schien nun entschlossen, sich zusammenreißen zu wollen. »Also gut«, atmete er tief durch, »es hat ja ohnehin alles keinen Zweck mehr. Sie sollen alles wissen. Ich habe ja nichts mehr zu verlieren. Ich kann nur noch gewinnen, habe ich recht?«

»Bei Ihrem Ruf kommen Sie mit Freiheitsberaubung durch. Die Sache ging ja, den Umständen entsprechend, noch relativ glimpflich aus. Wenn Sie voll geständig sind, dann würde ich sagen, drei Jahre, eineinhalb davon unbedingt. In einem Jahr sind Sie wieder ein freier Mann. Vorausgesetzt, Sie führen sich dementsprechend auf.«

»Darf ich etwas fragen?« meldete sich Drake aus dem Hintergrund.

»Bitte«, zeigte sich Milus generös.

»Wie sind Sie auf eine derart vertrottelte Idee kommen? Sie mußten doch wissen, daß so etwas nie funktionieren kann. Schon allein, daß Sie diese beiden Versager angeheuert haben.«

»Ich gebe zu, das war dilettantisch. Aber Sie müssen schon entschuldigen, ich habe in solchen Sachen keine allzu große Erfahrung.«

»Wie kamen Sie überhaupt mit Jovanović in Berührung?« fragte nun wieder Milus.

»Ob Sie es nun glauben oder nicht, aber Herr Jovanović hat mich phasenweise beliefert. Er schmuggelte mit seinem Lieferwagen Wein und Spirituosen aus Jugoslawien ins Land. Und ich war einer seiner Kunden. Der Sliwowitz, der einem hierzulande vorgesetzt wird, der ist ja nicht zu trinken. Und einen ordentlichen Dingač bekommt man hier auch nicht. Jedenfalls nicht zu Jovanovićs Preisen. Und als ich mich endlich dazu entschlossen hatte, Slovac zu entführen, da fragte ich Jovanović, ob er sich nicht viel mehr Geld verdienen wolle.«

»Und der sagte auch sogleich zu?«

»Ja, ich wußte, daß er Geld brauchte. Und allzu viel machen mußte er ja auch nicht. Mein Plan schien mir perfekt zu sein. Ich hieß ihn, sich als Sanitäter zu verkleiden, Slovac abzuholen und ihn in die Nähe meines Hauses zu bringen. Den Rest besorgte ich dann selbst.«

»Sie verlangten ja nicht einmal Lösegeld, wie wollten Sie ihn denn bezahlen?« zeigte sich Drake interessiert.

»Eigentlich gar nicht. Immerhin hing er selbst tief mit drinnen in der Sache. Wenn er mich verpfeifen wollte, dann würde er selbst für weit längere Zeit in den Bau gehen müssen. Darauf baute ich. Na ja, nun ist er ja aller weltlichen Sorgen enthoben.«

Andrina schüttelte den Kopf: »Waren Sie wirklich so naiv? Wenn der keinen Flieder gesehen hätte, wären Sie es, der nun mausetot wäre. Glauben Sie mir, ich weiß, wovon ich spreche. Der hätte nicht lange gefackelt.«

»Das war mir zu diesem Zeitpunkt noch gar nicht bewußt. Wer weiß, vielleicht hätte ich ihm auch ein wenig Geld gegeben. Ich war so damit beschäftigt, auf alle Details meines Planes zu achten, daß ich nicht allzu viel Zeit darauf verwendete, mir Gedanken über die nächste Zukunft zu machen.«

»Okay, halten wir noch einmal fest«, faßte Milus zusammen, »Sie kannten Jovanović durch, nun, Geschäftsbeziehungen und schlugen ihm diese Entführungsgeschichte vor. Wo?«

»In meiner Wohnung. Ich hatte ihn auf einen Kaffee eingeladen, und dabei besprachen wir die Details. Ich kannte Mladens Gewohnheiten, und so wußte ich, daß dieser Plan einfach nicht fehlschlagen konnte. Und so war es dann im Prinzip ja auch. Vor allem durfte ich davon ausgehen, daß sich die hiesige Polizei rettungslos verzetteln würde. Ich dachte, man würde ewig herumrätseln, welche politische Bewegung den armen Mladen gekidnappt hat. Bei all diesen Fraktionen, Gruppierungen und Organisationen sah ich die Exekutive als hoffnungslos überfordert an. Nun, eine Zeit lang hat das ja auch funktioniert. Und alles, was ich brauchte, waren ja auch nur ein paar Tage, eine Woche vielleicht. Dann wollte ich Mladen in einen Wagen verladen, ihn irgendwo an die Grenze verfrachten und ihn dort freilassen. Aber«, seufzte Bondić, »Sie sind mir leider zu schnell auf die Schliche gekommen. Hätten Sie nur ein bißchen länger gebraucht, wäre Mladen einfach wieder aufgetaucht, und man hätte mich nie gefunden. Vor allem, nachdem ein gnädiges Schicksal Božidar Jovanović abberufen hatte.« Dabei sah Bondić zufrieden Drake an.

»Das führt uns auch sogleich zur Frage des Motivs«, unterbrach Milus, »Ihre Vorgangsweise ist ja, wie Sie wohl selbst zugeben, einigermaßen ungewöhnlich gewesen. Ich will es einmal so formulieren: Warum entführt man jemanden, wenn man keine Forderungen stellt?«

»Das war ja auch nie beabsichtigt. Aber ich würde vorschlagen, sie fragen Herrn Drake da.«

Drake sah überrascht auf. Mit seinem rechten Zeigefinger deutete er auf sich selbst, und auf seinem Gesicht stand deutlich die Frage »Ich?« geschrieben. Sicher, Spade und Marlowe wären an dieser Stelle wesentlich souveräner gewesen, aber mußte er, Drake, diese Frage tatsächlich beantworten können? Was hatte er übersehen? Für ihn war das Motiv völlig unklar, und bislang war er davon ausgegangen, daß dies auch für alle anderen in seiner Runde galt.

Bondić setzte ein zufriedenes Grinsen auf: »Na, kommen Sie schon, Herr Drake, Sie hatten in meiner Wohnung die Lösung schon auf den Lippen. Sie werden doch nicht an Alzheimer leiden?«

Die Blicke der anderen hingen erwartungsvoll an seinen Lippen. Drakes Ganglien arbeiteten fieberhaft. Wovon hatten sie in Bondićs Wohnung gesprochen? Er war sich zwar von Anfang an ziemlich sicher gewesen, daß Bondić der Täter war, aber diese Vermutung entsprang allein seinem Instinkt und gründete sich nicht auf irgendeine Aussage Bondićs. Was zur Hölle also konnte der alte Mann bloß meinen? Drake rang nach Luft, spielte auf Zeit.

»Um ehrlich zu sein, Sie haben mich ziemlich im Dunklen gelassen, was Ihre Beweggründe anbelangt, Herr Bondić. Ich habe, soweit ich mich erinnere, im Gegenteil von der Sinnlosigkeit dieses ganzen Unterfangens gesprochen. Daß die Entführer damit sogar Herrn Slovac mehr nutzten als sich selbst. Schließlich waren es ja seine Bücher, die …«

Bondićs ausladenden Gesten bedeuteten Drake, daß er einen entscheidenden Punkt berührt haben mußte. »Die Bücher?« fragte er erstaunt.

»Nun«, grinste Bondić selbstzufrieden, »finanziell war Mladen in einer noch prekäreren Lage, als ich es gegenwärtig bin. Ich kam aus Jugoslawien mit einer nicht unbedeutenden Summe an Barmitteln hier an. Und am Anfang machte ich davon noch recht großzügig Gebrauch, denn offen gestanden ging ich davon aus, daß es nicht allzu lange dauern werde, bis ich auch hier wieder auf den Beinen sein würde. Aber ich gebe zu, das war ein Fehler. In Jugoslawien war ich eine Respektsperson, hier ein Niemand. Kein Mensch wollte meine Bücher drucken. Nicht einmal Übersetzungen wollte man anfertigen, ich mußte feststellen, daß man auf meine Gegenwart hierzulande keinen gesteigerten Wert legte. Und meine Mittel flossen unerbittlich dahin.«

»Das ist ja alles sehr rührend, Herr Bondić«, zeigte sich Milus ungeduldig, »aber was hat das mit Herrn Slovac zu tun?«

»Nun, Mladen befand sich in einem finanziellen Engpaß. Und er mußte ob der Art, wie ich Hof hielt, annehmen, daß es mir finanziell nach wie vor ausgezeichnet ging, und so bat er mich um ein Darlehen. Es kostete mich übrigens einige Mühe, diese Summe noch irgendwie aufzubringen, aber ich schaffte es. Und im Gegenzug verkaufte mir Mladen seine Bucheinnahmen. Ich sollte in den Besitz all seiner Tantiemen kommen. Das schien mir ein recht lukratives Geschäft zu sein, denn Mladen war ja immer ein recht gefeierter Autor gewesen, jemand, dessen Werk präsent war. Ich durfte also annehmen, daß er mit seinen Büchern im Prinzip gut verdiente, zumal mir Mladen immer von neuen Projekten vorschwärmte, die schon in naher Zukunft Realität werden sollten. Ein namhafter Verlag würde sogar nächstes Jahr eine Gesamtausgabe von Mladen aus Anlaß seines 75. Geburtstages auf den Markt werfen, kurz, alles sah rosig aus, und ich war mir sicher, ich hätte finanziell ausgesorgt, vor allem, da wir unseren Deal auch notariell besiegelten. Aber dann ...«

»... entwickelten sich die Dinge nicht so, wie Sie es geplant hatten«, beendete Andrina den Satz.

»Richtig. Mladen brachte keine neuen Bücher auf den Markt, schon gar keine Gesamtausgabe, und seine alten verkauften sich mehr als schleppend. Bis zu dieser ... dieser Maßnahme von mir hatte ich nicht einmal die Hälfte der Summe hereingebracht, die ich ihm geliehen hatte. Und meine finanzielle Lage war desaströs. Wollte ich also diesem Teufelskreis entrinnen, mußte ich etwas unternehmen. Und da erinnerte ich mich der Schulungen beim BdKJ. Die Gesetze des Marktes.«

»Wo keine Nachfrage besteht, muß man diese künstlich schaffen«, dozierte Drake. »Sie haben Ihren Beruf verfehlt, Sie hätten PR-Manager werden sollen.« Den tadelnden Blick von Milus übersah Drake geflissentlich.

»Na wenigstens das hat funktioniert. Soweit ich von Mladens Verlagen weiß, haben die allein in den letzten Tagen mehr Bücher verkauft als im gesamten vorangegangenen Jahr.«

»Na, da haben Sie ja eine nette kleine Rücklage, wenn Sie wieder rauskommen, was? Zumindest, wenn es Slovac nicht gelingt, den Kontrakt vor diesem Hintergrund anfechten zu lassen.«

»Ach, Mladen brauchte Geld immer nur, um seine Art von Lebensstil zu zelebrieren. In Wirklichkeit war ihm künstlerischer Erfolg immer viel wichtiger. In Wirklichkeit muß er mir dankbar sein. Die Obstkur hat ihm sicher nicht geschadet, und erstmals seit vielen Jahren kann er seinen Namen wieder auf den Bestsellerlisten lesen. Dafür würde ich mich auch einige Tage in Klausur nehmen lassen.«

»Ihre Klausur wird etwas länger ausfallen, fürchte ich«, schloß Milus das vor ihm liegende Dossier. Er wandte sich demonstrativ an Maggie Habib, die bislang geschwiegen hatte: »Noch Fragen?« Habib schüttelte den Kopf.

»Na, das wär's dann, denke ich. Wache! Führen Sie Herrn Bondić in seine Zelle.« Die beiden Beamten, die bislang vor der Tür gestanden waren, nahmen den alten Mann in ihre Mitte.

»Herr Bondić«, rief ihm Drake nach. Dieser drehte sich zu ihm um. »Nehmen Sie's nicht so tragisch. Ich bin sicher, Sie können aus Ihrer jetzigen Lage ebenso Kapital schlagen.«

Bondić lächelte: »Ich weiß, worauf Sie hinauswollen. Und ich habe auch schon einige hervorragende Ideen: ›Mein Fall. Ein Porträt des Künstlers als gefallener Engel‹ Wird sicher ein toller Erfolg. Hierzulande muß man schon Täter oder Opfer sein, um literarisch zu reüssieren. Die Gesetze des Marktes, das habe ich mittlerweile auch schon begriffen. Und wenn Sie wollen, werde ich Ihnen persönlich ein signiertes Exemplar zukommen lassen. Die Verlage reißen sich jetzt schon um mich. Es wird nicht allzu lange dauern.«

Andrina hatte Habib und Drake zu sich eingeladen, um den erfolgreich zu Ende gebrachten Fall in ihrer Villa noch einmal gehörig zu feiern. Als der Pajero vor der Eingangstür zum Stehen gekommen war, sah Andrina in der Küche Licht. Linda war also schon zu Hause. Diese Erkenntnis trug durchaus zu Andrinas Hochgefühl bei. Allzulange sollte die Feier also doch nicht dauern, denn Andrina verspürte das dringende Bedürfnis, nur allzu bald mit Linda allein weiterzufeiern. In ihrem Schlafzimmer.

»Meine Ladies«, ließ Drake von sich hören, als er, dem Gefährt endlich entronnen, eine Camel ansteckte, nachdem es ihm vor dem Präsidium gelungen war, eine neue Packung aus einem Automaten zu ziehen, »der Fall war ja wirklich eine durchaus interessante Erfahrung. Ich habe eine Menge gelernt. Über Jugoslawien zum Beispiel. Beim Trivial Pursuit werde ich nie mehr über die Frage stolpern, welcher jugoslawische Staatschef sich 1948 mit Ol' Uncle Joe anlegte. Und wer weiß, vielleicht fahr ich dort sogar einmal auf Urlaub hin. Aber eines kann ich euch sagen, fürs erste ist mein Bedarf an Jugoslawischem gedeckt. Ich bin froh, wenn ich bis auf weiteres nicht mehr an dieses Land und seine Gebräuche erinnert werde.«

Andrina hatte während Drakes Rede die Tür aufgesperrt, und der satte Duft von Gegrilltem stieg ihr in die Nase. Linda, vom Geräusch des Schlüssels aufgeschreckt, eilte freudestrahlend ins Vorzimmer. Zu Drakes Enttäuschung war sie in einen Kimono gehüllt, der alle entscheidenden Partien ihres Körpers unkenntlich machte. Innig küßte sie Andrina auf den Mund. Dann strahlte sie sie an: »Ich habe zur Feier des Tages ein mehr als opulentes Mahl für euch vorbereitet. Ihr werdet Augen machen. Setzt euch ins Wohnzimmer, ich bringe den Eßwagen gleich hinein. Es ist schon alles fertig.«

Erwartungsvoll nahmen die drei im Wohnzimmer Platz. Linda kehrte nur Sekundenbruchteile später zu ihnen zurück. »Also«, sagte sie voll Stolz, »da haben wir einen hervorragenden Plavac aus Dalmatien, welcher unsere Kehlen erfreuen sollte. Als Vorspeise gibt es istrianischen Pršut mit marinierten Paprikaschoten. Dann folgt eine Zelejavna Juha. Als weiteren Gang habe ich Sarma vorbereitet, ehe die Hauptspeise folgt: eine herrliche Auswahl jugoslawischer Grillspezialitäten. Wir hätten da Čevapčići, Pljeskavica und Ražnjići. Dazu Đuveč-Reis und Ajvar. Na, das sollte doch eure Stimmung nachhaltig steigern!«

Drake saß mit gefrorenem Gesicht am Tisch und bemühte sich um Haltung. »Habe ich euch eigentlich schon gesagt«, meinte er dann, »daß ich endlich eine Diät beginnen will? Ich finde, Andrina, du hast recht. Ein paar Kilo weniger würden mir bestimmt nicht schaden. Ach, Linda, sei mir nicht böse, aber ist da zufällig noch etwas Obst in der Küche ...?«

ENDE

www.wieser-verlag.com